遺された者の暦

魚雷艇学生たちの生と死

北井利治

元就出版社

人間魚雷・回天

特殊潜航艇・甲標的

震洋艇

魚雷艇

序——かえらざる青春の記録

神坂　次郎

太平洋戦争の末期、多くの若者や学徒が祖国と、愛するものを守るため万感の思いを胸に征《ゆ》きて帰らぬ戦場に赴いた。百死零生の特別攻撃隊である。特攻は飛行機のほか高炸薬もろともに突入した人間爆弾〝桜花〟や人間魚雷〝回天〟、特攻艇〝震洋〟（海軍）、四式肉迫攻撃艇（陸軍）など特殊な兵器に搭乗して南海に散華した特攻隊員の数はおびただしい。

本書はその遺族と、敗戦によって間一髪、生命《いのち》をとりとめた隊員の五十余年におよぶ戦後の記録である。

至純の愛を祖国に故郷に捧げた若者と、彼らをこよなく愛した肉親、恋人、同僚たちの心中を思うとき、国民を殺してまで国体を守ろうとした軍部の理不尽に、痛憤胸にこみあげてくるものがある。飛行兵として転戦三カ年、知覧やその他の特攻基地で数多くの出撃を見送った私は、いまは物言うすべのない若者たちの無念と、戦争を知らない世代にこの傷《かな》しさを伝えたいと灼《や》けるような思いで、あの日の夏草《なつくさ》の中で見た若者たちの表情を描きつづけてきた。『今日われ生きてあり』（初版　昭和六十年　新潮社）から『特攻隊員の命の声が聞える』（初版　平成七年　PHP研究所）『飛行兵たちの太平洋戦争』（歴史街道　平成十四年一月特別増刊号　PHP研究所）に至り、さらに今後もこの痛《つう》哭《こく》きわまりない事実を、祈りをこめて写経するように書きつづけていこうと思う。

真実の歴史を何としても後世に伝えたい、その痛切な願いを、私よりずっと若い北井さんが共有してくれたことは大変うれしい。読者は本書に登場する海軍予備学生とその周囲の人びとに、人間の美しさ、人の世の温かさを改めて見出されることだろう。

（作家　社団法人日本ペンクラブ理事）

遺された者の暦

——魚雷艇学生たちの生と死

第二章――生き残った者の記録

写真提供／著者・月刊雑誌「丸」

第一章——遺された者の暦

一、海軍嫌い

――父・今西浅次郎――

「只今出撃致します」

回天特別攻撃隊菊水隊
海軍大尉　今西太一
慶応大学出身　二十六歳

お父様、フミちゃん。太一は本日、回天特別攻撃隊の一員として出撃します。最後のお別れを充分にして来る様にと家に帰して戴いたとき、実のところはもっともっと苦しいものだらうと予想して居ったのであります。しかしこの攻撃をかけるのが、決して特別なものでなく、日本の今日としては当り前のものであると信じている私には何等悲壮な感じも起こらず、あの様な楽しい時をもちました。……何も申上げられなかったことを申訳ないことと思ひますが、これだけはお許し下さい。

お父様、フミちゃんのその淋しい生活を考へると、何も言へなくなります。フミちゃん立派な日本の娘になって幸福に暮らして下さい。これ以上に私の望みはありません。お父様のことをよろしくお願ひ致します。……お父様泣いて下さいますな、太一はこんなにも幸福にその死所を得て征ったのでありますから、そしてやがて、お母様と一緒になれる喜びを胸に秘めながら軍艦旗高く大空に翻るところ菊水の紋章もあざやかに出撃する私達の心の中何と申上げればよいのでしょう。

回天特別攻撃隊菊水隊　今西太一　只今出撃致します。

これはかつて、靖国神社の社頭に掲示されたもので今西太一大尉が、出撃直前にしたためた遺書である。

今西大尉は、慶応大学経済学部を繰り上げ卒業、海軍第三期兵科予備学生を志願した。武山海兵団予備学生教育部から第一期魚雷艇学生として横須賀の水雷学校、川棚臨時魚雷艇訓練所で訓練を受け、人間魚雷・回天の搭乗員として大津島の回天基地に配属された。

今西大尉について同期の南部喜一（慶応大、招寿堂南部商会社長）は、

「海軍では同期ですが、彼は京都一商、慶応を通じて私の三年先輩なんです。非常に真面目な人で、訓練でも真正面から取り組んでいましたねぇ。私にとっては何か近より難い存在でした。私も京都に住んでいるので復員してからご遺族を訪ねたことがありますが、妹さんは兄さんの戦死のショックが大きく、人に会うことを極端に避けておられたし、お父さんも海軍に対してあまりいい感情は持っておられないようでした。そのお気持ちを考えると当然のことでしょうけど……」

また同期の古賀英也（九大・医師）は、

「川棚時代のことだが、いつだったか兵舎の窓から外を見ていると、土手の上を走って行く子供たちの姿が見えたことがありました。今西は『あの子供たちに甘いものをたらふく食わせてやりたいなぁ』と話した言葉を今も覚えています。もう国内では食糧事情が悪化していました。実家が確か和菓子屋だと言っていたように思います。優しく、そして真面目ないい男でした」

と、回想している。

戦没学生が遺した日誌などには、自分の死を自分に納得させるため苦悩した様子を記したものが数多くある。今西大尉もそんな苦悩を繰り返す中で、自分の死と引き換えに三歳年下の愛する妹や、川棚の兵舎の窓から見た無邪気な子供たちを守るために——と自分自身を納得させ、出撃して行ったのではないだろうか。

さて、ミッドウェー海戦を境に攻守ところをかえ、守勢に立たされた日本海軍には、焦りが見え始めた。人間魚雷回天はそんな背景の中で生まれた兵器だった。軍の機密保持上金物とか、㊅（マルロク）と呼ばれた回天は、海軍が誇る九三式酸素魚雷を改造した兵器である。戦局の変化から使う機会が少なくなり、兵器庫に山積みされていた九三式魚雷を活用しようと考え出されたもので、魚雷の中央部を切断、操縦席を設けた。

全長十四・七五メートル、直径はわずか一メートル、最高速力三十ノット、航続力八十キロ。頭部に一・六トンの炸薬をつけ敵艦に体当たりする。脱出装置はない。同じ水中特攻兵器でも、確率こそ少ないが生還を前提とした甲標的（特殊潜航艇）とは違い、回天の場合は一度発進すれば回収は不可能であり、出撃は絶対死を意味していた。

回天が表舞台に登場したのは昭和十九年十一月のことだった。
回天作戦は無謀にも、回天の建造見通しや、搭乗員の本格的な訓練さえ終わっていない昭和十九年八月末には、すでに第一次出撃が内示されていたという。
劣勢を挽回する起死回生の兵器として、軍令部が回天に賭ける期待は大きかった。だが解決しなければならない問題点がまだ数多く残されていた。

大津島・回天記念館の今西少佐墓碑

その一つは回天とこれを搭載する伊号潜水艦の間には交通筒がなかった。このため潜水艦は一度、敵前で浮上、搭乗員は甲板から回天に乗り組み、整備員が外からハッチを閉じて、再び潜航しなければならない。敵前での作業だけに危険度は高い。こんなこともあって、現場では出撃の時期について慎重論もあったが、焦る軍令部はリスクを無視、無謀な作戦を強行した。

出撃の内示は、

① 出撃は遅くとも十一月上旬を目途とする。
② 第一陣の出撃基数は十二基～十六基。
③ 搭乗員は全員士官で編成する。

――というものであった。

回天特別攻撃隊の第一陣は神潮隊菊水隊だった。三隻の潜水艦（伊三六、伊三七、伊四七）にそれぞれ四基の回天を搭載するという編成だった。搭乗する十二人の特攻隊員の中には、今西少尉（当時）と工藤義彦少尉（大分高商）、宇都宮秀一少尉（東大）、近藤和彦少尉（名古屋高工）、佐藤章少尉（九大）、渡辺幸三少尉（慶応）ら六人の予備学生がいた。いずれも第一期魚雷艇学生である。

出撃命令は十月下旬に出され、攻撃日は十一月二十日と指定された。

命令が出る直前、隊員には帰省休暇が出た。死へ旅立たせる若者たちへ海軍が示した、せめてもの償いだったのかもしれない。

今西大尉もこの時期に最後の帰省をしている。自宅には三日間滞在した。この間、母の墓参りをすませたり、父の浅次郎や妹のフミと東山を散歩するなど水入らずの日を過ごした。ふだんと少しも変わったところはなく、もちろん特攻隊員として出撃することなどは口に出していない。ただ父親に対しては、

「僕らが出撃せんならんようになったら、日本も負けや」

と話している。

浅次郎は「気負っているな」と感じたようだが、後に戦死の通知を手にして「太一はあのとき、何もかも承知していたんだ」と回想していたという。

さて、伊三六潜、伊三七潜、伊四七潜の三隻は、昭和十九年十一月八日午前九時、出港用意のラッパが響く中、次々と錨を揚げ山口県にある基地大津島を離れていった。実戦に参加する回天の初出陣であった。一列になって周防灘を進む三隻の潜水艦にはそれぞれ四基の回天が搭載されており、その横では回天の搭乗員たちが、自分たちの故郷の方をじっと見つめていたという。やがて三隻は別れて、ウルシー方面とパラオ方面にそれぞれ進路を変え、やがて水平線

の彼方へ消えていった。

今西少尉を運んだ伊三六潜は、十一月十九日、目指すウルシー港外に到着した。潜望鏡で確認すると港内には空母、戦艦、それに輸送船が多数停泊していた。その状況を見取り図に写し、いったん港から離れ日没を待った。夜半になってウルシー港外に引き返した同艦は、二十日午前零時頃、敵前で強行浮上して今西少尉、工藤少尉の二人が回天に乗り込んだ。整備員が外からしっかりとハッチを締め、潜水艦は再び急速潜航した。

後に潜水艦から回天に乗り移るための交通筒が設けられ、潜航中も移動できるようになったが、当時伊三六潜には搭載している四基の回天のうち交通筒が装置されているのは、まだ二基だけで、危険な敵前での強行浮上をしなければならなかったのだ。

午前三時、同艦に搭載されている残り二基の回天にも、今度は交通筒から搭乗員が乗り移り発進命令を待った。

午前四時過ぎ、発進の時間がきた。ところが、四基のうち三基は浸水などのトラブルで発進不能になってしまったのだ。

「一人で行きます」。今西少尉は静かな調子で言った。

午前四時五十四分、今西少尉の艇ただ一基だけが鈍い振動音を残して発進して行った。艦と回天の間には連絡用の電話が架設されていたが、この電話が発進間際に調子が悪くなり、今西少尉の最後の言葉はよく聞き取れなかったという。母艦は発進から約一時間後、モグモグ島方面で起こった大爆発音と、誘爆音を確認している。

回天の初出陣が大本営本部から発表され、続いて新聞で報道されたのは、翌二十年三月になってからであった。三月二十五日付けの朝日新聞の一面トップには「新鋭特殊潜航艇・神潮隊の偉勲」と大きな見出しが躍り、次のように伝えている。

海軍省公表（昭和二十年三月二十四日十九時）昭和十九年十一月以降中部、南東各太平洋方面敵前進基地に対し屢次に亘り敵中挺身奇襲攻撃を決行敵に甚大なる損害を与えたる神潮特別攻撃隊菊水隊員及金剛隊員に対し聯合艦隊司令長官は夫々次の如き感状を授与しこの程右の旨上聞に達せられたり

と、豊田副武聯合艦隊司令長官の感状と、今西少尉ら戦死した特別攻撃隊員らの氏名を布告している。さらに、

「敵四根拠地に突入
　艇と共に必死必沈
　　世界戦史不滅の武勲」

空の特別攻撃隊が全世界の耳目を奪ってゐる際わが帝国海軍はさらに驚くべき海の特別攻撃隊神潮特別攻撃隊の鬼神を哭かしむる敢闘と赫々たる大戦果が全軍に布告され畏くも感状上聞に達した旨二十四日海軍より発表された当初より絶対に生還を予期せず新鋭特殊潜航艇を操縦して敵の懐ろ深く突入艇諸共肉弾体当りして轟然と爆発するこの特別攻撃隊の滅敵精神こそかの真珠湾に特殊潜航艇をもって攻撃した九軍神の昇華でなくて何であろうこの特殊潜航艇は必中一発よく敵空母戦艦などを轟沈し去る強力なものでかの神風特攻隊を空に舞う桜花になぞらへるならこの神潮特攻隊は大海原の巖に砕け散る怒濤にも比すべ

きものである。（略）

と報道。社説、コラムを含め一面の約三分の二のスペースを占めている。そして戦死した隊員の横顔を伝えており、今西少尉を、

京都一商を抜群の成績で卒業後大阪商大予科を経て慶応大学経済学部卒業直ちに海軍予備学生として水雷学校に入った剣道二段豪放にして緻密明治維新の傑士の書を愛読また労働科学を研究三井鉱山東京本社に在籍して将来を嘱望されてゐた。

と紹介している。

多くの犠牲者を出して、やがて戦争は終わった。

生死の境界をくぐり抜け、生き残った今西大尉の同期、第一期魚雷艇学生たちも続々と復員してきた。彼等の多くが復員後まっ先にしたことは、散華した仲間の遺族捜しと墓参だった。今西家にも何人かの同期生が訪れた。だが父・浅次郎は同期生に対して、

「海軍さんはお断りです。なぜ私の息子だけが……」

を繰り返すだけだった。訪れた人達は、浅次郎の気持ちが痛いほど分かるだけに、返す言葉もなくうなだれたまま引き返していった。

第一期魚雷艇学生の同期だった佐藤摂善（東洋大・常教寺前住職、故人）も同じ経験をしている。

「あれは確か昭和二十一年のことだったと思います。所用で京都に行く機会がありました。用事が予定より早く終わったので、今西の家を訪ねて線香の一本でも立てたいと思い、うろ覚えの住所と、今西が話していた、実家は古い和菓子屋——という記憶を頼りに今西家

を捜して回りました。

何時間かかけて捜し当てた今西家には『今西太一』の表札がかかっていました。私には何故かさっと入って行けないためらいがありました。生き残った者の後ろめたさとでもいうんでしょうかね……。

何度か今西家の前を行ったり来たりしました。そのうち、うろうろする私を近所の人達が不審げな表情で見つめているのに気付いたのです。私は意を決して家の中に飛び込みました。出てこられたのはお父さんの浅次郎さんでした。私は今西と海軍で同期だった佐藤……と自己紹介が終わらないうちに、浅次郎さんの厳しい言葉が返ってきました。

『海軍さんはお断りです』

何ものも受け付けないといった厳しい口調でした。私には返す言葉がありませんでした。失礼しましたと深々と頭を下げ、今西家を辞退するほかなかったのです。

重い足で引き返す私を下駄の音が追っかけてきたのです。ふり返ると若い娘さんでした。直感で、いつも今西が話していた妹のフミさんではないかと思いました。

やはりフミさんでした。私に追いついたフミさんは、息を急き切りながら、

『佐藤さんとおっしゃいましたね。もしかして〝インク消し〟の佐藤さんでは……』と声をかけてきました。インク消しと聞いて、私はとっさにある思い出がよみがえってきました。そこで、そうですと答えるとフミさんは、

『出撃前に兄が帰省したとき、インク消しの一件を楽しそうに話しておりました。兄が戦死してから頑固な父は、急に海軍嫌いになりました。でも私が執り成しますから、引き返していただけませんか。兄にお線香を……。ぜひお願いします』

と頭を下げられるのです。もちろん私は引き返しましたよ。

ええ、インク消しの一件というのはね、川棚の臨時魚雷艇訓練所時代の出来事でよく覚えています。今西は学校が三田（慶応）、私の寺も三田だったので二人でよく思い出話をしたり一緒に上陸（外出）したものです。あれは四月の上陸の日でした。雨が降っていました。私達は、白の士官服に紺のコートを着て出かけたのですが、クラブに着いて濡れたコートを脱ぐと下に着ていた士官服にコートの紺色がにじんでいました。

今西はこれを気にしましてね。クラブの娘さんに、文房具屋でありったけのインク消しを買ってきてほしいと頼んだのです。さあ、それからが大変でした。インク消しでにじんだ紺色を消しては、炭火のアイロンで乾かす。ずい分、時間がかかりました。そんなことで、せっかくの上陸の一日を潰してしまったことがあったのです」

こんなことがあって、佐藤和尚は今西家をよく訪ねるようになった。海軍嫌いの浅次郎も、佐藤和尚には心を許し、辛い胸のうちを少しずつ話すようになった。

終戦直後のことである。浅次郎は呉の海軍鎮守府に行き、

「特攻隊で戦死した息子の遺品があれば引き取らせてほしい」

と申し出た。

敗戦処理で大混乱していたこともあってか、応対した士官の態度は冷たく、返ってきた言葉は、

「特攻隊といっても、あなたのご子息だけではない。ほかにも大勢の兵隊が戦死しています。この混乱の中で、ご子息の遺品だけを捜し出すなんてとてもできない」

と、素っ気ないものだった。

「太一は、お国のために命を捧げたのに……」

浅次郎の海軍嫌いはこの時から始まったのである。さらに浅次郎の神経を逆撫するような出来事が続く。

戦死した今西大尉は読書家だった。自宅の六畳の部屋には生前のまま大量の書籍が残されていた。

浅次郎は、遺品の書籍を息子の母校、慶応に寄贈しようと思い立ち、当時の慶応大学の小泉信三塾長に手紙を書き、蔵書の目録を添えて送った。折り返し小泉塾長から、

「ありがたくいただきます。今西文庫として保管します」

との返信が届いた。小泉塾長が亡くなったのはその直後、昭和四十一年五月のことだった。

慶応からはその後、何の連絡もない。浅次郎の申し出は宙に浮いたままになっていた。

浅次郎から話を聞いた佐藤和尚は早速《さっそく》、慶応の知人を訪ね事情を話した。

塾長が亡くなったことで、少し話に行き違いがあったのかもしれない。佐藤和尚の仲介で、慶応の図書館から早速手紙が届いた。

だが手紙を読んだ浅次郎は激怒した。手紙には、浅次郎が送った目録の中から全集ものの一部の書名をあげ、それだけをいただきたい――とあったのだ。

「全集は全部揃っていて初めて意味がある。恐らく欠けている部分の補充をするために全集の一部を指定してきたのだろうが、それではムシがよすぎる。もう太一の遺品の寄贈はやめた」

と、浅次郎は再び心を閉ざしてしまった。

その後、佐藤和尚は何度か今西家を訪ね、根気強く浅次郎を説得した。

「お父さん、あなたは少し心が狭すぎます。遺品を手元に置いていても、あなたが亡くなればいつかは散逸してしまいます。それより一万人に一人でもいい、遺品を通じてかつての戦争で若人が命を捧げたことが伝わるのなら、意味があるのではないでしょうか」

と話し、軍服などの遺品は江田島の海上自衛隊幹部候補生学校の参考館に寄贈するよう勧めた。

今西少佐が猛特訓に明け暮れた大津島・魚雷発射場跡

最初は拒否していた浅次郎も、少しずつ心を開いていき、やがて、

「あなたが、そこまで言うのなら」

と、和尚の勧めを受け入れた。

半年後、今西家を訪ねた佐藤和尚は今西大尉の部屋に案内された。机、本箱などが生前のまま置かれていたその部屋は、いつの間にかすっかり整理されていた。残っているのは戦後、今西大尉の海軍の同期生、近藤秀文（早稲田大・故人）から贈られた大尉の肖像画が掲げられているだけだった。

書籍は、全集ものをばらばらにしないことを条件に親戚の人や知人に、その他の遺品は江田島の参考館に寄贈したという。

「太一の形見はあなたの言葉通り全部整理しました。私もこれでさっぱりしました」

と佐藤和尚に話す浅次郎の表情は、明るかったという。

浅次郎は昭和四十九年四月二十九日、その生涯を閉じた。一時は海軍を憎み心を閉ざしていた浅次郎だが、その後は靖国神社参拝で上京すると、三田の常教寺を訪ね佐藤和尚と話し込むことをとても楽しみにしていたという。


時は流れて平成五年十一月、第一期魚雷艇学生の戦友会・一魚会に今西家から一通の案内状が届いた。今西大尉の五十回忌法要の案内状だった。

出席した同期の南部喜一は、

「近藤が描いた今西の肖像画を届けにお訪ねしたことがあります。お父さんの『なぜ私の息子だけが……』という言葉に身の置きどころがない思いでした。法要の案内状が一魚会に届いたのは初めてのことです。私と、萩原市郎（昭和高商・萩原株式会社社長、平成十三年没）、牧野稔（明治大・日本マニレット、平成十三年没）の三人でお参りしました。何かほっとした気がします。これでよかったと思います」

と話している。

今西大尉の妹フミは、兄の五十回忌を済ませたことでほっとしたのか平成七年十一月二十九日、他界した。

今西家の墓地は京都・五条坂の大谷本廟（通称西大谷廟）の奥まった場所にある。

平成十一年二月、私は今西大尉の墓参をした。底冷えのする日だった。本廟北門前の花屋で花を買い求め今西家の墓所を尋ねると、

「時代劇の役者さんだった大河内傳次郎さんのお墓のすぐ前です。今西さんのお墓は、元軍人さんのお参りが多いんですよ」

と、親切に地図を描いて教えてくれた。

見渡す限り建ち並ぶ石碑の間を縫って、だらだら坂を登る。かなり歩いたが目指すお墓はなかなか見つからなかった。立ち往生しているところで巡回中の警備員に出会った。俳優の大河内傳次郎さんのお墓は？——と尋ねると、気軽に先に立って案内してくれた。

「ああ、今西さんのお墓ですか。あのお墓には立派な墓誌がありましてね。私も巡回中に何度か読みました。私だけではありません。ここにお参りにこられて今西さんの墓誌に気づき、読み終えた後、合掌されている姿をよく見かけます。あの戦争で私の兄も、南方で戦死しました。本当に大勢の尊い命が失われて……。残念なことです」

初老の警備員は、問わず語りにこう話すと、

「最近、このあたりで置き引きが増えています。お気をつけください」

といい残し立ち去った。

今西大尉と両親、そして妹のフミが静かに眠る今西家の墓地には、小さな碑が建ち墓碑銘が刻まれていた。

今西家墓誌

泰忠院釋義詮　　俗名太一

今西浅次郎第二子

君ハ大正八年五月廿七日京都市ニ生ル資性温順勉学ノ餘暇家業ヲ助クルヲ常トス昭和十八

年九月慶応義塾大学経済学部ヲ卒業ス在学中労働科学ヲ研究シタリシモ時ニ太平洋戦争酣ニシテ学徒ト雖モ軍務ニ服セザルヲ得ズ乃チ同月海軍ニ入隊シ翌年五月海軍少尉ニ任官ス君ガ意已ニ命ヲ君国ニ献グル在リ進ンデ神潮特別攻撃隊菊水隊員トナリ同年十一月廿日特殊潜航艇回天ニ搭乗シテ敵航空母艦ヲ爆沈セシメ艇ト運命ヲ共ニス行年廿六歳同日二階級特進海軍大尉ニ任官功三級勲五等ニ叙サレル君ハ品格高潔ニシテ至誠一貫遂ニ所信ヲ貫徹シタリ其ノ遺書ヲ見ルニ肉親ヲ思ウ情切ニシテ後ニ古歌ヲ記セリ

大丈夫の屍草むす荒野べに
咲きこそ匂え大和撫子

和田茂樹　識

墓誌の筆を取ったのは、今西大尉の大学進学の受験勉強を指導した前・松山市立子規記念博物館長で愛媛大学名誉教授、和田茂樹（松山市在住）である。和田は、

「知人の紹介で当時、京都一商の生徒だった太一君に国語を教えました。私は京都大学の学生でした。太一君は経済学部を志望していたので、慶応を勧めたのです。真面目で礼儀正しく、とても律義な人で、慶応在学中にも何度かおはぎの手土産を持って尋ねてくれたことを覚えています。本当に惜しい人材を失ったものです。戦後、太一君のお父さんから太一君の形見にと芥川龍之介全集をいただきましたが、その際お父さんから墓誌を頼まれたのです」

と言う。

今西大尉の実家、明治三十年創業の暖簾を誇る今西軒はフミの没後、店を閉じた。

二、血肉分けたる仲ではないが

――母・美田近子――

太平洋戦争の末期、昭和十九年十二月一日、P基地と呼ばれていた広島県倉橋島の特殊潜航艇基地の沖合で訓練をしていた特殊潜航艇・八十五号艇が事故のため遭難、搭乗員四人全員が殉職するという痛ましい事故があった。艇長は第一期魚雷艇学生の美田和三中尉（殉職後大尉に進級）であった。

戦後、いち早く美田大尉の母、近子のもとに駆けつけ、近子を慰め励ましたのは、大尉の海軍での同期生たちだった。そして近子と同期生の交流は半世紀もの間続いた。近子の口ぐせは、「私は戦争で息子を失いましたが、その代償に和三の同期生という大勢の息子ができました。皆さんに教えていただいた〝同期の桜〟の歌の文句じゃありませんが〝血肉分けたる仲ではないが、なぜか気が合うて別れられぬ〟という関係なんですよ」であった。

神戸市須磨区東落合の美田家を私が初めて訪れたのは、平成四年の早春のことだった。新しく住宅地として造成されたこのあたりは、大規模な西神ニュータウンに隣接しており美田家は緑に包まれた小高い丘の上にあった。神戸市といっても、都心から離れていることもあって、静けさに包まれていた。

明治三十四年一月生まれの近子はこの時、九十三歳。会話に支障ないが少し耳が遠くなっている点を除くと、年齢を感じさせないほど元気だった。

「忘れられないはずの出来事なんですけど、だんだんボケてきまして。九十を出ますとだめですねえ。正確にお話できますかどうか」

と言う近子だが、どうしてどうして記憶は驚くほど正確だった。

美田大尉は大正十二年七月一日、五人兄弟の長男として神戸市に生まれた。父の為三は当時、同市内の元町商店街で、貴金属商を営んでいた。

近子の話によると、美田大尉は子供の頃、体が弱く体操が苦手だったという。自宅近くの私立須磨浦小学校を卒業。「健康のためには、田舎の方がいいだろう」という両親の考えで私立三田中学校（兵庫県三田市にある現在の三田高校）に進学した。

三田中学校から早稲田大学商学部に進んだ美田大尉は、昭和十八年九月、海軍予備学生を志願して三重県香良州の航空隊に入ったが、適性検査の結果、兵科に変更となり十月一日、武山兵科予備学生教育部に入隊した。ほとんどの予備学生がそうであったように、彼もまた海軍への志願については一切、両親に相談していない。

「和三が海軍で基礎教育を受けていた頃に、横須賀まで面会に行ったことがございます。子供の頃から海軍に憧れていたこともあって、とても満足そうでした。海軍の軍服がよく似合ってて……。でも、りりしい軍服姿とは逆に私が持っていった食べ物を黙々と平らげ、

『ああ、お腹が一杯だ。このまま二、三日持つといいのにな』と、まるで食べ盛りの子供のように笑いながら話していたことを覚えています」

と、近子はまるで昨日の出来事のように目を細めながら話す。幼い頃、体が弱かっただけに軍服姿がことさら、たくましく映ったのだろう。

家族との最後の別れは、神戸の自宅だった。昭和十九年四月末、第一期魚雷艇学生として横須賀田浦の水雷学校での基礎訓練を終えたあと、長崎県大村湾岸に新設された川棚臨時魚雷艇訓練所に配属されることになり、移動日を含め一週間の休暇が出た。赴任の途中に立ち寄ったもので、入隊後初めての帰省だった。

「今から考えると、出撃が近づいていて別れに帰ってきたのでしょうね。でも、そんな素振りは一切見せず、明るくふるまっていました。帰隊する間際、主人が指揮刀に造った備前長船を包装して持っていくよう言うと、和三はにっこり笑って『海軍はね、潮風に吹きさらされているので刀もきっと錆びてしまうよ』と置いて行きました。もちろん私たちは和三が特殊潜航艇に乗っていることなんぞは知りませんでした。戦後になって特殊潜航艇を見る機会がございました。あんなに狭い艇ではきっと軍刀も邪魔だったんでしょうね」

と、苦笑しながら話す。戦争で我が子を奪われた近子は、戦後の長い時の流れとは関係なく、その記憶は悲しいまでに鮮明であった。

昭和十九年五月十一日のことだった。川棚臨時魚雷艇訓練所で、第一期魚雷艇学生として訓練を受けていた二百十三人に総員集合がかかった。整列が終わると学生隊監事が、いつもとは違う口調で話しはじめた。

「ただいまから非常に喜ばしい話をする。今大戦でハワイ真珠湾や、シドニーで大戦果をあげた特殊潜航艇の活躍ぶりは皆の承知の通りである。その特殊潜航艇に予備学生が艇長として搭乗することになった。それもここにいる魚雷艇学生の中から志願できることになった。全員が志願することと思うが、本日中に紙に書いて提出するように」

予備学生の間で、ざわめきが起きた。緒戦の真珠湾攻撃で一躍有名になった覆面兵器・特殊潜航艇は、出撃したまま生還しなかった九軍神の名前とともに、日本人なら脳裏に深く刻み込まれている。その潜航艇の艇長に予備学生が選ばれる。訓練所の中は興奮に包まれ、熱気が漂っていた。

選抜されたのは五十人で、予備学生としては初めての艇長講習員(九期)として訓練を受けることになった。

第一期魚雷艇学生が少尉に任官したのは同月三十一日だった。選抜された五十人はこの日、思い出深い川棚を出発し、翌日新しい任地、広島県安芸郡倉橋町の大浦崎にある特殊潜航艇の訓練基地(通称P基地)に着任した。この中に美田少尉がいた。

少尉任官直後でもあり、また川棚の仲間の先頭を切って選ばれたという誇りもあって、九期艇長講習員たちは大いに張り切っていた。


P基地での彼等は、上官にも恵まれた。指導官の西田士郎大尉(海兵六十九期)は、懐の深い人で予備学生のよき理解者でもあった。基地の海兵出の士官に対して、

「予備学生のことは一切俺に任せくれ。手を出さないでくれ」

と、修正（鉄拳制裁）を禁止した。こんなことで、予備学生たちは早速〝大先生〟のニックネームを奉って慕った。

西田大尉がいかに予備学生を庇《かば》い、いかにその教育に心血を注いでいたかを物語るエピソードがある。

人間魚雷「回天」の創案者、黒木博司大尉（機関五十一期）と仁科関夫中尉（海兵七十一期）は共にP基地で特殊潜航艇の艇長講習員訓練を受けたあと、大津島に新設された回天特攻基地へと移って行ったが、その後もよくP基地を訪れ、予備学生たちに「今や日本を救えるのは、回天しかない」と檄《げき》を飛ばし、回天搭乗員を志願するよう呼びかけた。大勢の予備学生が志願しようとしたが、これを知った西田大尉は、

「黒木には黒木の、仁科には仁科の死に方がある。回天は一発必中の確証は少ない。俺はお前たちが生きて何度も敵を倒すための教育をしているのだ。自爆して戦果をあげる華々しさに眩惑され、命を粗末にしてはいけない。魚雷を撃ち終えたら必ず帰ってこい。そして命のある限り、何度も攻撃を繰り返すのだ」

と志願を許さなかった。九期の艇長で途中、回天へ移った者は一人もいなかった。

「あの時代にこれだけのことをはっきり言う人は他にいなかった。発言の重大性と、その勇気には頭が下がる思いがしたものです」

と、九期艇長だった古賀英也は回想する。

また同期艇長の佐野大和中尉（国学院大・元国学院大教授、故人）は、第一期魚雷艇学生戦友会の会報「航跡」に、P基地での夜間訓練で、佐野中尉が訓練艇（甲標的）を回航中、大発艇と衝突。訓練艇が沈没するという事故を起こしたことに関連して、次のように述べている。

事故後の研究会で佐野中尉は、厳しく吊るし上げられた。海兵を卒業したての若い士官は、「なぜ艇長は艇を捨てて泳いだのか。艇と運命を共にすべきではないか」と激しく責めた。

訓練指導官の西田大尉は、この言葉を遮《さえぎ》るように、「艇長の処置は間違っていない。たとえ敵前であっても、死に急いではならない。生きて泳げるだけ泳げ。ただし今回の艇長の夜間航法は未熟である。今後さらに訓練せよ」と締めくくった。

「体当りで自爆する特攻精神が国民を煽り立てていた時代に、我々特殊潜航艇乗員は、生きて泳げ——と教えられていた事実を伝えておきたい」

と西田大尉の言葉の重みを伝えている。

予備学生たちの日課は、複雑な艇の構造に関する座学、搭乗訓練、襲撃訓練と息をつくひまもないほどの猛訓練の明け暮れだった。だが、彼等には予備学生として初の艇長講習員に選ばれたという誇りがあった。

また、海兵出の士官に対する対抗意識も強く「奴らはプロ、俺たちはアマの助っ人。だがプロには負けない」と意気は高く、猛訓練にも耐え抜き決して音を上げなかった。やがて順番に固有艇の引き渡しが始まった。海軍士官としてやっと認められたという満足感、初めて持った部下。艇の艤装作業のため白色の事業服を油で真っ黒に汚して基地の中を行き来する予備学生たちの姿には活気があった。

九期艇長講習員が中尉に昇進したのは同年十二月一日だった。

悪夢のような出来事は、彼等が昇進した日に起こった。

九期の先頭を切って古賀英也中尉ら三人にフィリピンへの出撃命令が下ったのはこの頃であった。出撃を前に古賀中尉ら三人の予備学生の艇長は、久里浜の海軍通信学校で一週間の通信講習を受けるため出張中だった。古賀中尉の不在で彼の固有艇・八十五号艇には美田中尉と二人の艇付、それに整備員の合計四人が搭乗、魚雷発射訓練に出発した。

この日は快晴、瀬戸の海は凪いでいた。基地を出発した八十五号艇は、予定通り情島の東方の魚雷発射地点に向かい午前八時、現場に到着した。

間もなく八十五艇は潜航を開始した。事故はこの直後に起きた。

美田中尉とは同期で、この日美田艇の訓練に立ち会っていた三原季経中尉（鹿児島高農・南九州畜産興行）は、戦後戦友会の会報「航跡」に「美田艇の遭難」のタイトルで救助の模様などを詳しく書いている。三原中尉のレポートを参考に、事故を再現してみると――。

海上では八十五艇から発射される魚雷を追跡、確認するための魚雷艇が待機していた。やがて司令塔が水没した。その時である、突然海上に艇首が飛び出した。そして、大量の泡を吹き上げながら沈んでいった。あっという間の出来事だった。

少し離れた海上の魚雷追跡艇では、同期の三原中尉が指揮を取っていた。異常に気づいた三原中尉は現場に急行、信号用の発音弾を投下した。だが浮上してくるのは真っ白な泡ばかり、八十五艇は姿を見せなかった。遭難と判断した三原中尉は、基地に向けて「八十五艇遭難。援助乞う」と打電した。

やがて救助隊が到着、山田薫中佐の指揮で救助作業が始まった。沈没地点が確認され、潜水夫が潜っていく。水深は三十三メートル。基地にいた九期艇長もほとんど全員が大発やカッターで遭難現場に集まり、固唾を飲んで救助作業を見守っていた。

海底で潜水夫が艇をハンマーで叩くと、艇内からはっきり反応があった。搭乗員の生存が確認されたとの報告で、救助隊員は安堵の胸をなでおろした。艇の中心部にワイヤーをかけ、引き揚げる作業が始まった。九期艇長の祈るような熱い視線を集めて、作業は慎重に進められた。ウインチの金属音が、ことさらかん高く響いた。

やがて八十五艇の特眼鏡（潜望鏡）がゆっくりと海上に現れた。その時、特眼鏡が左右に動いた。「美田は生きているぞ！」。九期艇長の間にどよめきが渦巻いた。特眼鏡に続いて傾いたまま艇首の魚雷発射管が現れた。その瞬間、予期しない出来事が起こった。水面に出た魚雷発射管のキャップが大音響とともにはずれ、魚雷がのぞいた。艇が傾いていたため再び発射管に後戻りしてしまった。このショックのためか、必死の作業を続ける救助隊員を嘲笑《あざわら》うかのように突然、太いワイヤーが切れ、艇は沈んでいった。信じられないような出来事だった。

悲劇の現場を赤く染めていた夕陽も、やがて瀬戸内の島影に沈んでいった。ライトを照らしての懸命の救助作業が続く。だが悪条件は重なった。昼間あれほど穏やかだった海上に強い北風が吹き、時化模様になったのだ。このまま作業を続けると、二次遭難の恐れもある。徹夜で続行する予定だった救助作業は、いったん中断することになった。重苦しい空気が漂う中、九期艇長たちは誰も無言だった。

翌朝、再び引き揚げ作業を開始した。クレーンを使って艇を収容し、P基地に帰り着いたのは夕方だった。

搭乗員の生存が絶望視された時点から、九期艇長たちが心配したのは美田中尉の最後の様子だった。彼等の頭の中にあったのは明治時代、潜水艇の遭難事故で殉職した佐久間勉艇長（海兵六期）の最後だったのだ。

明治四十三年四月十五日、国産第一号の潜水艇「第六潜水艇」に搭乗、山口県岩国市の沖合で潜航訓練をしていた佐久間艇長は、通風筒からの浸水で艇は沈没、十四人の部下とともに殉職した。佐久間艇長は発生した悪性ガスと闘いながら、わずかに潜望鏡からこぼれてくる明かりを頼りに、沈没後の経過、事故の原因を書き綴り、部下たちが最後まで冷静に持ち場を離れず頑張ったことを遺書に書き残した。艇が引き揚げられ、佐久間艇長以下全員が所定の位置で絶命していたことが明らかになり、この事実と遺書が公表されると国内だけでなく、外国からも大きな反響があった。佐久間艇長の遺書は戦前、小学校の教科書にも載り、予備学生たちも入隊後、何度となく聞かされている話だった。

従容として死地に赴けるか――海軍士官としての死にざまは、予備学生たちの課題でもあった。たとえ助っ人であっても、プロの海兵出身士官には負けたくない。言わばある種の反骨精神で訓練に取り組んできた予備学生たちは、一部の海兵出身士官たちが、予備学生のことを陰で「消耗品」とか「スペア」と言っているのを知っていた。もし美田中尉の最後が、見苦しいものだったら……。誰も口には出さなかったが、思いは同じであった。

美田中尉の最後の様子について、同期の佐野大和中尉は、その著書『特殊潜航艇』（図書出版社刊）で次のように述べている。

われわれは佐久間艇長の六号艇における最後の様子を、今まで何回となく聞かされ、聞く度毎に常に感銘を新たにしていたし、特にまたわずか三カ月ばかり前にはこのP基地から大津島の回天基地に移って殉職した黒木少佐の見事な死に方も耳にしていた。予備学生出身の艇長として最初の犠牲者となった美田中尉の死に際が、兵学校出身の先輩達に恥じないものであることをひそかに祈りながら作業を見守った。しかしそんな心配をすること自体が美田をはずかしめるものであることはすぐわかった。

切り開かれた狭い操縦室の中では艇長が特眼鏡を握ったまま直立の姿勢を保ち、その後方に土門二曹が座り、潜舵手の位置に林上曹、縦舵手の位置には藤沢二機曹がおのおの配置についたまま眠っており、遺体収容作業にあたった鈴木政雄氏（当時二機曹、搭乗員）によれば、それは「鬼気こもる死体の山」というよりは「静かに組み立てられた舞台の群像」のような厳粛さに満ちていたという。

美田中尉の最後の様子は、同期の予備学生だけでなくP基地の隊員たちを感動させた。だが、それは暗い感動だった。

八十五号艇の事故については、次のような報告がされている。

一特基密第〇二一〇一二電番

発第一特別基地隊司令部

宛大臣総長呉鎮長官舞鎮長官

通報人事局長呉舞人事部長

十二月一日第八五号艇甲標的［（艇長）中尉美田和三（ヨテ一五八一五）艇付上曹林達夫

（呉志水三三七一二）二飛曹藤沢勝見（呉志機二〇〇一一）同乗一曹土門曽治（舞志水一一六八二）」

安芸灘ニテ発射訓練ノ際〇八二〇頃浸水沈没地点亀ケ首四五度三三〇〇米水深三三米仰角四五度ニテ沈没シアルヲ拘束シ一四〇〇一時水面迄引揚タルモ鋼索切断再ビ沈没二日〇八〇〇揚収艇内満水シアリ沈没原因探究中搭乗員ハ一日一四〇〇危篤絶望（終）

報告書に「沈没原因探究中」とある八十五号艇の事故原因については、その後も不明ということで処理されている。

しかし同艇の固有艇長だった古賀中尉は、通信学校で第一報を聞いた瞬間「吸排気弁に違いない」と思ったという。吸排気弁の操作をしやすくするため、艤装の段階で左右反対に吸排気弁を取りつけていた。この事実を自分の艇付がきちんと申し送りをしていなかったのか、申し送りはあったが守られなかったのか、いずれにしても発言すれば傷つく者が出る。彼は半世紀近く沈黙を続けていた。

古賀艇の艇付だった其山（旧姓井桁）圭一上等兵曹（鳥取県日野郡溝口町）も、

「殉職した林兵曹は親友でした。私も救助に参加しましたが、遺体搬出の時にはとても正視できなかった。あれは吸排気弁の操作ミスですよ」

と証言する。が、弁の位置を左右反対に取りつけていたことを伝えたかどうかについては語らなかった。

「ジ　ココラレタシ」の電報が呉の潜水艦基地から美田家に届いたのは十二月二日だった。

近子は取るものも取りあえず、夫の為三、次男の聿と一緒に汽車に飛び乗り呉へ向かった。車中で何度か、不吉な予感が頭をかすめた。

「訓練中に負傷でもしたのだろう。きっとそうに違いない」

近子はそう思い込もうとしたが、落ち着かなかった。呉までの時間がことさら長く感じられた。

だが、近子の淡い期待も、呉駅に到着と同時にあっけなく吹っ飛んでしまった。

駅のホームに降り立った近子の目に真っ先に飛び込んできたのは「故海軍中尉美田和三御遺族様御迎」と書かれた幟《のぼり》だった。近子は、いま自分がどこにいるのか判断がつかないほど頭の中は混乱していた。

「ホームでは和三と同期の浜田思無邪中尉(早稲田大)をはじめ、士官の方たちが整列して迎えて下さいました。幟を見た瞬間から、ぼーっとなっていましたが、士官の方たちの敬礼を受けて初めて、あっ!　和三は死んだんだなと……」

近子の言葉はここで途切れた。

頭の中はパニック状態だった。膝が崩れそうになった。

だが当時、戦死した兵士の母親の多くがそうであったように、近子もまた自分の気持ちとは裏腹に〝軍国の母〟として気丈にふるまった。哀しい母の姿だった。

「当時、主人は交通事故の後遺症で周期的にやってくる頭痛に苦しんでおり、頭痛が始まると三日ほど続くのです。ちょうど呉に着いたころから頭痛が始まり、司令官にもご挨拶できないような状態で、旅館で休んでおりました。上官の中川大佐が遭難の模様を詳しくお話して下さいました。海図などの裏を使ったメモ紙に、事故の様子を時間の経過とともに克明に書き残していた和三の遺書も見せていただきました。古賀さんへのお詫び。同期の方への別れの言葉。自分と運命を共にする艇付の遺族の方への配慮などが書き遺されていたのを読み、これで少しは償いができたと、何となくほっとした気持ちになったことを覚えています。

大佐は『救助作業中、海底で艇を外から叩くと応答がありました。手近に用具が揃ってなかったため、助け出すことが出来ませんでした。誠に申し訳ありません』と、深々と頭を下げられました。和三を助けようと、大勢の方が大変な努力をなさって下さったことを知り、有りがたく思いました。和三が入隊したときから覚悟はしておりました。でも……理屈では分かっているのですが、やはり……」

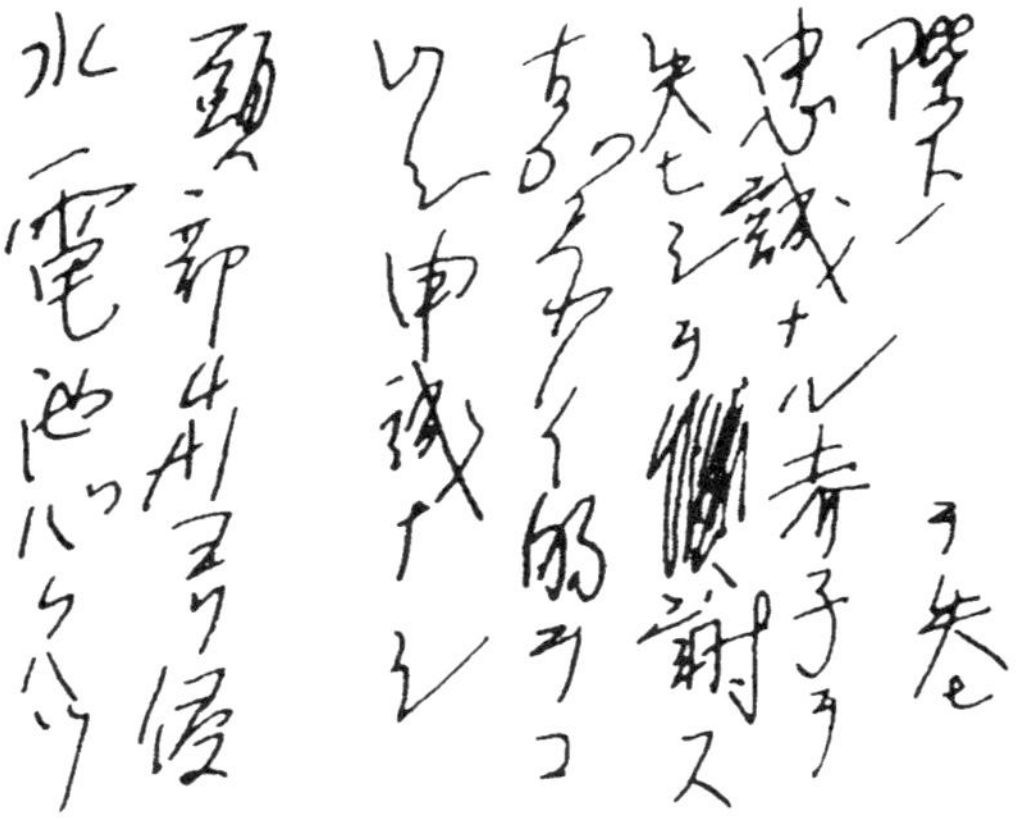

美田大尉が潜航艇の中で書きのこした遺書

再び、近子の言葉は途切れが、それ以上悲しみや、恨みの言葉は出なかった。

「和三の遺書は、海軍神社に永久に保存するとかで後日、海軍から遺書の複写が送られてきました」

私は、二度目に美田家を訪問したさい、美田大尉の遺書を見せてもらった。写真複写の遺書は丁寧に保存されていたが、長い歳月でセピア色に変色しかかっていた。
海底に沈んだ特殊潜航艇の中で書き残した遺書は、海図の裏などを使ったメモ紙十二枚にわたっていた。気圧と発生したガスに苦しんだ様子を物語るかのように、文字はかなり乱れており、読んでいて胸が痛んだ。

陛下ノ××ヲ失ヒ
忠誠ナル赤子ヲ失ヒシヲ謝ス
古賀少イ的ヲコワシ申訳ナシ
頭部弁ヨリ浸水電池バクハツ

クロンガス発生ス
後部電池室ノハッチワレル
西田大尉大河中尉湯浅中尉
色々ト有難ウゴザイマシタ

御両親様
先ニ行ク不幸ヲ許シテ下サイ
九キ諸君
オレノテツヲフムナ
土門兵曹ニワ申分ケナシ

藤原林兵曹ノ家庭ニワヨロシク
気圧ワ大シタコトナシ
クロンガスガキツイ
ノドガイタイ

前ブワマダ発生中
水ワトマッテイル

書き出しの「××」は、後で消された跡がある。真珠湾攻撃で一躍有名になった特殊潜航艇は海軍内部では「甲標的」または「標的」とか「的」と呼ばれており、軍事上の機密だったことから「標的」と書かれていたのを軍で作為的に消したものと思われる。

遭難した八十五号艇の固有艇長、古賀少イ（この日、中尉に昇進）へのお詫び。お世話になった西田大尉ら三人の指導官への感謝の言葉。「九キ諸君」とは一緒に訓練を受けた第九期艇長四十九人の同期の予備学生たち。土門兵曹はこの日たまたま同艇に搭乗していた整備員である。二人の艇付の家庭への思いやり——短い文だが細かい心遣いが、読む者の胸をうつ。

呼吸困難の中で綴られた遺書は、ページを追うに従って文字の乱れが目立ち、判読出来ない個所もある。

フカクウ×イ×××ニシフセ

×コス

前部マダガス発生中

○九二○マダ皆タシカナリ
セキガ出ル

頭ガ少シボンヤリシテキタ
目ガイタイ

○九五○
林兵曹元キナシ
其他異常ナシ
一○○○力ガヌケル

一一○○異常ナシ
艦底ヲコスル様ナ音ヲシバシキク

遺書は、ここで終わっている。

美田中尉は進級した日に殉職している。規則では進級した日にさらに一階級進級することは出来ないことになっており、海軍は美田中尉の殉職の日をあえて一日ずらして十二月二日とし大尉に進級させた。異例の処置だった。

美田大尉の葬儀は翌三日、呉市内の明法寺でしめやかに営まれた。呉潜水艦基地からは司令官や参謀が、また川棚の第一期魚雷艇学生の頃から一緒だった第九期艇長の予備学生も全員が参列した。同期を代表して捧げた直井時雄中尉（東京商大）の弔辞が、近子の新たな涙を誘った。軍楽隊の吹奏の中で、冬空に悲しくこだました弔銃の乾いた音は、いつまでも近子の耳にこびりついて離れなかった。

「旅館に帰って主人に詳しく報告いたしました。主人は『これで世間の皆さんに顔向けできる』と、ぽつんと寂しそうに言っただけでした。息子の死を悲しむ前に軍人の親としてふるまわなければいけなかったのです。そんな時代だったのです、あの頃は……」

昭和二十年八月十五日、日本は無条件降伏して戦いは終わった。近子は、この日を悲しさと悔しさ、そして空しさが交錯した複雑な思いで迎えた。

やがて、美田大尉と同期の予備学生たちも続々と復員してきた。帰宅の途中、美田家を訪問する者もいた。近子は、霊前で長時間ぬかずいたまま涙を流す彼等の背に、我が子の姿がオーバーラップし、胸が疼いたに違いない。

「本当によく訪ねて下さいました。石林文吉さん（金沢薬大・金沢女子大教授）はこられると大声で般若心経を唱えて下さいますし、古賀英也さんは、泊まり込みで裏庭を開墾して菜園を造って下さいました。当時、我が家では菜園のことを〝古賀農園〟と呼んでいたのです。

皆さんに教えてもらった〝同期の桜〟を一緒に合唱したこともございます。最初の頃はよく『俺の目の黒いうちに、きっとアメリカに仕返しして美田の仇討ちをします』といきまく方もおられました。海軍の同期の方がよくして下さり、ずいぶん慰められたものです。戦後お亡くなりになった近藤秀文さんからは、こんなに立派な肖像画を贈っていただきました。東京の佐藤摂善さんがこの肖像画に読経して下さって……。有りがたいことです」

と近子は居間に掲げられた肖像画に目をやりながら、穏やかな口調で語る。

「そうそう、こんなこともございましたよ。和三が艇長講習を受けていた頃の指導官で予備学生の方たちが〝大先生〟と親しみを込めて呼び尊敬していらっしゃった西田士郎大尉は、神戸一中のご出身でした。和三の命日にお参りしていただいたこともあります。終戦から間もなくのことでしたが、西田大尉は予備学生の方とご一緒に、事業を始められたのです。菊香《きくか》という名の蚊取り線香の販売のお仕事でした。菊香は『効くか』に通じるとかで、お考えは面白かったのですが、なんでも売上の全額を、利益として計算されておられたとかお聞きしました。なにせ武家の商法、ご商売の方はさっぱりだったと聞いております」

戦後の混乱期が過ぎると、近子は我が子の縁の地を訪ねて歩いた。

靖国神社参拝はもちろんのこと、昭和五十年三月には、美田大尉ら第一期魚雷艇学生が厳しい訓練を受けた長崎県の川棚にも足を運んでいる。

川棚には、戦没者の霊を弔う「特攻・殉国の碑」が建立されているが、碑の周辺はきちんと清掃され、花が供えられていた。

「ご近所の方たちは、かつて大勢の若者たちがお国の為にと、猛訓練に励んでいた姿を覚えていてくださるのでしょうか、掃除も行き届き、お花やお供え物も絶えたことがないと聞きました。有りがたいことです。私ももっと早くお参りに来るべきだったと恥ずかしい思いをしました。殉国の碑にはその後、九州旅行をした時、足を伸ばして二度ほどお参りしました。和三は大学からそのまま海軍へ行きましたので私は知りませんでしたが、海軍ではお酒をよく飲んでいたと、戦後になって聞きました。そんなことでお参りに行くと碑の近くにある酒屋さんにお願いして、カップ酒をお供えしてるんですよ」

近子は、碑の近くの松林から松かさを一個拾い、持ち帰り美田大尉の肖像画の前に供えたという。

再びは来てと思う川棚の
　小串の郷の殉国碑
　　まぶたにとどめ拾う松かさ

この時の、母親の切ない気持ちを歌に詠み、一魚会の会報「航跡」に寄せている。

昭和五十三年七月には、広島県P基地の近く八幡山神社境内に建つ「特殊潜航艇の碑」の慰霊大祭に招待され、出席した。特殊潜航艇に搭乗して国難に殉じた四百三十九柱の英霊の追悼式に参列した近子は、海上自衛隊の駆潜艇に乗船、美田大尉が訓練中に遭難した安芸灘に出た。しめやかに営まれた海上慰霊祭で、儀仗隊の弔銃が響く中、近子は我が子が殉職した海へ花束を投下、霊を慰めた。

「思いがけなく、和三が殉職した場所に、花束を投下させていただけたことは、本当に嬉しいことでした。和三もきっと満足だったと思います。同期の皆さんが当時の様子を詳しくお話してくださいました。有りがたいことです。

二年ほど前のことですが、千葉県の見知らぬ海兵出身の方から、江田島の参考館で和三の遺書を見たとお手紙をいただきました。あれから五十年以上もすぎていますのに。有りがたいことです。

私は、戦争で息子を失いました。でも、その代償として和三の同期の方たちと言う大勢の息子ができました。お正月には大勢の息子たちから、たくさんの年賀状が届きます。和三が好きだった羊かんを送って下さる方もいますし、何かというと訪ねて下さるんです。私の周囲にも、戦争でご主人や息子さんを亡くされた方が、大勢いらっしゃいますが、こんなにも長い間、戦友の方たちにご親切にしていただいているお話をすると、皆さんびっくりしておられます。もう、五十回忌がきます。海軍の同期の方たちが、とても親切にしてくださるので、私はちっとも寂しくありません。この歳ですから私の友人はほとんど亡くなってしまいました。でも、私には海軍の人たちがいる。一魚会の会報を読むと、同期の皆さん方も、お孫さんがいらっしゃるようで、いいお爺ちゃまになっておられるようです。今では、息子たちと言うよりお友だちなんですよ。同期の桜の歌じゃないけど〝なぜか気が合うて、別れられぬ〟と言う気持ちです。大勢の素敵なお友だちに恵まれた私は、すっかり皆さんのご厚意に甘えているんですよ。しみじみ幸せ者だと思います」

三度にわたる取材を通じ、近子の口からは恨みがましい言葉はひと言も聞かれなかった。長い歳月が悲しみを流し去ったのだろうか——とも思ったが、そうではあるまい。時の流れとは関係なく、我が子の死を悲しまない母親はいないだろう。近子は、幾度となく心の葛藤を繰り返しながら、必死になって悲しみを封印しようとしていたに違いない。そんな近子の姿に、秘められた母の哀しみをかいま見る思いがした。

平成五年十二月、美田大尉の五十回忌には、地元関西の在住者だけでなく、東京や九州からも同期生が美田家を訪ねた。仏壇には一魚会からの純白の胡蝶蘭が供えられていた。

「本当にいつまでも心にかけていただいて」

近子はお参りに来た同期生に、何度も頭を下げた。

五十回忌の法要を終えてほっとしたのか、近子は床につくことが多くなった。翌六年十一月、重い戦争の傷痕を背負ったまま歩き続けてきた兵士の母親は、九十三歳の生涯を静かに閉じた。

三、四十四年目の終戦

――妻・池淵ユキ子――

年号が昭和から平成に変わってからのことである。第一期魚雷艇学生の戦友会・一魚会の世話役、萩原市郎の許に一通の手紙が届いた。差出人は海軍で萩原と同期で昭和二十年一月八日、戦死した花田正三中尉（九州専門）の姉からだった。

手紙には「回天特攻隊員として戦死した弟を偲ぶため、戦後何度か江田島の参考館や大津島の回天記念館を訪ねました。しかしどこにも弟の遺品は見つかりませんでした。それどころか、回天記念館では慰霊碑に弟の名前すら刻まれていませんでした。遺品、手紙や最後の様子、何でも結構です。ご存じでしたら教えてください」とあった。

花田中尉は特攻隊員だったが、搭乗していたのは回天ではなく魚雷艇だった。同中尉は第二十六魚雷艇隊の艇長として南方に向かう途中、台湾の西方洋上で乗っていた輸送船安洋丸が敵の攻撃を受けて沈没、戦死した。

そうとは知らぬ姉は「特攻隊・イコール・回天」と思い込み、たった一人で弟の遺品を捜し求めていたのである。この人の長すぎる戦後を思うとき、胸が痛む。萩原さんが、この間のことを、詳しく返信にしたためたのは勿論である。

この人に限らず、遺族には共通したある種の思いがあるようだ。それは戦死した肉親の最後の様子を知りたいという気持ちと、戦死した土地を訪れ霊を慰めたいという願いである。泥沼状態となった戦争末期には、戦死した場所だけでなく、出撃した日時、場所すら不明というケースも数多くあった。手がかりが摑《つか》めない遺族は、諦めきれず心のしこりとなっていつまでも疼き続けている。さらに一度は諦めながらも、どんな土地で、どのような状況の中で死んでいったのかを知りたいという心情、これは肉親の死に対して気持ちの上で区切りをつけようとする哀しい思いなのであろうか。

太平洋戦争で散華した予備学生たちは、繰り上げ卒業直後や、在学中だったこともあって妻帯者は少ない。

終戦直前の昭和二十年六月二十八日、回天に搭乗してマリアナ海域で散った池淵信夫少佐は、その数少ない妻帯者の一人だった。

特攻隊の隊長として出撃が決まってからの慌ただしい結婚だった。新婚の二人が夫婦として過ごした時間は、通算してもほんの一週間ほどである。

詳しい説明は一切なく、たった一枚の紙切れで戦死を通知されただけで未亡人になった池淵ユキ子もまた、なんとか夫の最後の様子を知りたいと、戦後四十余年もの間、尋ね歩いている。

私が、兵庫県高砂市に住むユキ子を訪ねたのは平成二年二月半ばのことだった。ちょうどユキ子は、池淵少佐をマリアナの海へ運んだ伊号第三六潜水艦の生存乗組員や縁の人たちで組織している「イサムの会」に招待され、ウルシー海で営まれた洋上慰霊祭に参加、三日前に帰って来たところだった。

「死ぬまでに一度は、信夫が戦死した海へ行きたいという私の願いが、イサムの会の皆さんのご厚意でやっと叶いました。胸のもやもやがやっと晴れた思いです。さあ、何からお話をしましょうか」

ユキ子は戦死した夫を今も「信夫」と呼ぶ。「主人」と呼ぶには一緒にいた時間が短かすぎたのかもしれない。夫を語るユキ子の表情や言葉にはかげりがなく、明るかった。長い歳月が悲しみを押し流してしまったのだろうか――、私は一瞬そう思ったが、それが思い違いと気づくのに、時間はかからなかった。ユキ子は、重く辛い過去を必死になって封印しようと努力している――、会話の中で何度もそう感じたからだ。


「私たちの関係は、ちょっとややこしゅうて、信夫の母親は私の母親でもあるんです。そして、私たちは幼馴染みでした」

いきなりこう切り出されて、いささか戸惑った。池淵少佐の母は、ユキ子にとって義母（姑）という意味なんだろうと勝手にその言葉を解釈してみたが、これも間違いだった。

事情はこうだ。

池淵少佐は幼少の頃、父と死別している。母のトクは幼い信夫を連れて実家に身を寄せていたが、やがて隣町の由利種三郎と再婚した。当時、五歳だった信夫は母の実家に残り、祖父母に育てられた。種三郎もまた再婚だった。最初の妻と死別した種三郎には三人の子供がいた。その末っ子がユキ子だったのだ。つまり、トクは信夫の実母であり、ユキ子の継母ということになる。

種三郎は、母と離れて暮らす幼い信夫を不憫がり、何かにかこつけては自宅に呼んで可愛がった。二人はまるで実の父子のようだったという。そんな関係は信夫が成長してからも続いた。

ユキ子とも「ユキちゃん」「信夫」と呼びあって仲良く遊んだ。追っかけっこをしたり、石けりや松ぼっくりを拾って遊んだ高砂神社の境内。夕日が落ちるまで魚釣りをしたり、水遊びをした加古川の清流。二人の遠い日の思い出が高砂の町のここかしこに刻み込まれている。結婚生活は短かったが、兄妹のようにして遊んだ幼い日の思い出は、語り尽くせないほど数多くある。

「信夫と私はどちらも大正十年生まれで、同い歳でした。私の方が早生まれで学年は信夫より一年上なんです。でも信夫はいつも兄貴気取りでした。私が近所の子にいじめられて泣きながら帰ってくると、それこそ大変。真剣に怒って仕返しに出かけて行くんです。子供の頃だけでなく、大人になってからも、短かい新婚生活の中でも、信夫はいつも私をかばい続けてくれました……」

やがてユキ子は女学校に、一年遅れて信夫も神戸市内の私立村野工業学校へ進学する。

「女学生の頃、漠然とでしたが将来は信夫と結婚することになるんだろうな、と考えたことがあります。私の父も同じ考えを持っていたようですし、もちろん母もそれを望んでいたようです」

ユキ子の予感は的中、二人は結婚をした。だが結婚が実現したのは戦争の真っ最中のことだった。以後、ユキ子は運命と呼ぶにはあまりにも過酷な道を、歩むことになる。

開戦当時、信夫は大阪専門学校理工学部の学生だった。戦火が一段と激しくなった昭和十八年十月、同専門学校を繰り上げ卒業した信夫は、海軍を志願して合格。海軍第三期兵科予備学生として、旅順の予備学生教育部に入隊した。信夫もまた、家族には無断の志願だった。

旅順での基礎教育を終えた信夫は翌年二月、第一期魚雷艇学生として横須賀の水雷学校で基礎訓練を受けた。さらに同年五月には長崎県大村湾の川棚に新設された魚雷艇訓練所に移り、激しい訓練に明け暮れた。

池淵少佐と同じ第三期兵科予備学生で、川棚で特攻要員として一緒に猛訓練を受けた同期には、戦後『震洋発進』『出発は遂に訪れず』『死の棘』などの作品で読売文学賞、川端康成賞を受賞した作家の島尾敏雄（九大）がいる。川棚での訓練の模様は、島尾の『魚雷艇学生』（新潮社刊）に詳しい。

やはり旅順―横須賀―川棚と一緒だった同期の萩原市郎は、池淵少佐の思い出を次のように話している。

「池淵は村野工業、私は神戸三中と、ともに神戸市内の中学で、お互いの学校がすぐ近くだったこともあって覚えています。よく二人で神戸の話をしたものです。おとなしく我慢強い男でしたねえ、池淵は。川棚時代のことですが、彼は流行性脳脊髄膜炎（日本脳炎）で入院したことがありました。軍医も『たとえ治っても、軍務に復帰するのは無理だろう』と診断していたそうです。でも彼は瀕死の病いを克服して帰ってきた。クラスの者は、あれほどの大病を乗り越えたのだから池淵はきっと長生きするぞ、と話し合っていたものです。だのに……」

病気の模様は、同期の松本貞次郎（東農大・故人）が、川棚臨時魚雷艇訓練所日記に当時の様子を書き残している。一魚会の会報「航跡」第三十五号に掲載された同日記から引用すると、

昭和十九年五月十日（水）

（略）訓練を終えて帰ってみれば「流脳」の疑で池淵信夫学生は四十二度の高熱なり。そっと学生舎に入って入浴に裸足で向かう。静かな三班寝室にうなるは池淵学生、軍医は未だ帰らずや、一九〇〇頃軍医来て池淵学生遂に入院せり。「マスク」「嗽《うがい》」をせよ。

奇跡的に病気を克服した池淵信夫と、同期の第一期魚雷艇学生は昭和十九年六月、海軍少尉に任官した。

この時点で、第一期魚雷艇学生のうち五十人は特殊潜航艇の艇長要員としてすでに川棚を離れ、広島県倉橋島のP基地で艇長講習を受けていた。池淵少尉らは同年七月上旬、川棚魚雷艇訓練所での訓練を終えると「魚雷艇」や、ベニヤ板のボートに炸薬を積み込み敵艦に体当たりする「震洋」、そして人間魚雷「回天」の搭乗員に組み分けられ、それぞれ新しい任地へ向かった。

池淵少尉は回天の搭乗員として、徳山市の大津島に設けられた回天訓練基地に配属された。赴任するまで回天については「新しく完成した特殊兵器」という以外、具体的な説明は一切なかった。

父親のいない池淵少尉を幼い頃から我が子同様に可愛がっていたユキ子の父、由利種三郎は、池淵少尉（当時）によく手紙を書いている。少尉任官直後には、ユキ子との結婚を打診する手紙を出しているが、池淵少尉からは次のような返信があった。発信地は「呉局気付ウ四五五ノ二、士官室」とある。

「前略、ユキさんとの結婚云々の手紙、受取りました。私に異存はありません。ただし現在の私の立場として、強く強く言っておきたいことがあります。それは私の生死の問題であります。

国難を救うためには、青年の情熱による肉弾的活動以外、方法はないと思うのです。軍人として最も名誉ある任務についた今、いつ国家の礎として散るやらわかりません。従って結婚のことは、一応考えてみなければなりません。ただ早まったがため、若い身でありながら後に残されたユキさんは、社会的に法律的に未亡人という名をつけられると思えば、私として堪え難いことです。入籍さえしなければ良縁のある身と思うとき、ユキさんが可哀想に思われてなりません。私の迷うのはこのことだけです。もし武運拙なく生き長らえたとせば、決してその時になってこの結婚がいやとは申しません。その日まで待っていただきたいのが私の心情です。しかし父上も兄上もユキさんも、私なき後のことを十分覚悟して下されば、いつなりとも結婚致します。

神戸の姉上はこの点、よく考えてくれることと思いますゆえ相談して下さい。この際特にユキさんの決意と覚悟が最も重要だと考えます。結婚はあくまで本人本意として、ユキさんの心情をよく聞かれ、強制されないよう願っておきます。結婚だといって帰省の不可能の現在、私の口から十分ユキさんの本心を聞くことはできません。ユキさんの決心次第で、入籍だけして下さっても結構です。

国難に生きる男として誰しも若い女性を後家にしたくないのは事実です。予備少尉たる私たちには、結婚するに上官の許可は不必要です。ただ結婚した時は届ける必要があると思うゆえ、一応戸籍謄本を送って下さい。（以下略）」

この頃、池淵少尉は回天の搭乗員として猛訓練に励んでいた。

人間魚雷・回天は残酷な兵器である。長さ十四・七五メートル、直径一メートル。搭乗員は床に座って操縦するが、搭乗すると筒内では立ち上がることもできないほどの狭さである。筒の前部には一・六トンの炸薬を爆装し、敵艦に体当りして自爆する。母艦の潜水艦から一度発進すると、生還は絶対に望めない必死の兵器である。池淵少尉は大津島の訓練基地で回天を駆って死ぬための訓練に励みながら、この手紙を書き綴ったのだ。

几帳面な字で書かれた手紙には、国難に殉じる覚悟をしながらも、簡単に断ち切れないユキ子への思い、そして気配り。生と死のはざまで微妙に揺れ動く二十三歳の青年士官の苦悩が行間ににじみ出ていて哀しい。

種三郎は、この手紙から死を覚悟している池淵少尉の心中を読み取った。だが、ユキ子を嫁がせたいという気持ちは、いっそう固くなったようだ。ユキ子が未亡人になることを覚悟の上で――。

同年十一月のある日、池淵少尉から突然「キュウカデカエル」の電報が届いた。出撃の日が近づいていた。池淵少尉にとっては、最後の休暇になるはずだった。

「願ってもない機会、仮祝言だけでも」と考えた種三郎はトクに相談した。もちろんトクに異存はなかった。早速、神戸の姉の家に身を寄せていたユキ子を呼び返し、慌ただしく祝言の準備を進めた。

十一月十九日、池淵少尉はりりしい士官服姿で故郷に帰ってきた。祝言の準備はすっかり整い、ユキ子の家には親戚が大勢集まっていた。

「座敷で親戚の者が酒をくみ交わしている時、信夫と私は隣の部屋にいました。信夫が

『もうここまできたら、しゃあないな。ユキちゃん、親孝行や思うて結婚するか』と言うので、私は即座に、うん、こんな時代やから誰と結婚したかて、死なれてしまうんやし――と答えました。それで話は簡単に決まりです。でも、子供の頃から兄妹のようにして育っている間やし、何やら照れくそうて……。信夫は『こんなことになるんだったら、軍刀を持って帰るんだったな』と苦笑いしてました」

二人で未来の夢を甘く語り合えるような時代ではなかった。だが、厳しい環境の中にもささやかだが華やかな空気が漂っていた。死を目前にした二十三歳の青年士官、池淵少尉にもう迷いはなかった。

「私たちは十一月二十一日に挙式しました。ごく内輪だけの結婚式でした。神戸の下山手通にある写真館で写真を写して、その夜は姉が予約してくれた神戸のホテルで泊まりました。翌日は湊川神社に参拝した後、高砂に引き返し私の実家で開いた披露宴に出まして、ご近所への挨拶回り、めちゃめちゃに忙しい思いをしました」

ユキ子が取り出した、結婚の証である二枚の結婚記念写真は、セピア色に変色していた。池淵少尉はどちらも軍服だが、ユキ子は白無垢姿と洋装である。

甘い気分に浸ったのも、ほんのつかの間のことだった。池淵少尉の帰隊が迫っていた。

「二十三日の夜十一時、父と親戚の人たちに見送られて、私たちは姫路から夜行列車に乗りました。帰隊する信夫を私が徳山まで送って行ったんです。戦争が激しくなっていて汽車の運行本数は極端に少なくなっていました。そんな関係で私たちが乗った列車も超満員でした。なんでも海軍士官は三等車に乗ってはいけないとかいう規則があるそうで、二等車に行きましたがそこにも空席はありませんでした。私たちは洗面所の前の通路に立ったままでした。信夫は『海軍の士官は、どんな場所でもだらしない格好をしてはいけないんだ』と言って決して姿勢を崩そうとはしませんでした。私が、うとうとして膝が折れそうになると、ぐっと支えてくれるんです。自分は一睡もしないまま、マントで私を包み徳山に着くまでずっーと……」

夫を任地に送って行く夜行列車の短かい旅が、二人の新婚旅行だった。

翌朝、徳山に着いた。駅前の旅館で小休止したあと、池淵少尉は大津島の基地に帰って行った。

「信夫は、基地が大津島であるという以外は私に何も話してくれませんでした。もちろん回天のことも。軍の機密ですから当然のことだったのでしょう。結婚式の写真ができあがったので送りました。何でも、訓練中に手紙が着いて同期の方たちが先に封を切ったとかで、ずいぶんひやかされたという返事がありました。この年の暮れに信夫は中尉に昇進して、大津島から光基地に転属しています」

池淵中尉の出撃は近づいていた。本人の意思とは無関係に死は刻々と迫っていた。

昭和二十年になってユキ子は二度、夫と面会している。一度は池淵中尉の上官、宮田敬助大尉の粋な計らいで、二度目は僥倖とも言える形で。

ユキ子が「ヒカリシノカイグンホウヘイコウシヨウニコラレタシ」（光市の海軍砲兵工廠にこられたし）の電報を受け取ったのは二月十一日のことだった。

夫からの電報と信じて疑わなかったユキ子は、取るものもとりあえず光の海軍工廠へ駆けつけた。

発信人は宮田大尉だった。あとで分かったことだが、池淵中尉の出撃が決まると同時に中尉の心中を察した大尉が、なんとか最後の別れをさせてやろうと独断でユキ子を呼びよせたのだった。

出迎えた宮田大尉は、早速ユキ子を光市のはずれにある民家の離れに案内した。離れは大尉が家族を呼び寄せる時のため借りているものだった。大尉は、

「池淵中尉は今夜ここへ帰ってきます。待っていて下さい」

と言った。

夫の出勤を見送り、帰宅を出迎える。平和な時代ならどこのサラリーマンの家庭でも見られるごくありふれた光景だが、ユキ子にとっては結婚後、初めて味わう妻としての体験だった。それも、たった二日間というつかの間のものだった。

「夜になって信夫は来ました。基地の皆さんが酒保で買ってことづけてくださったというお土産をどっさり持って。当時、めったに手にいれることができなかったチョコレートや羊かんなど、珍しいものばかりでした。この時、信夫はさりげなく一枚の写真を私に渡してくれたのです。写真には、きりりとハチ巻きを締め、第三種の戦闘用軍装を身につけた四人の青年士官が写っていました。『この人たちはもうすぐ新聞に載る。僕も彼等と同じ任務についていると思ってくれ』と話すと、すぐ話題を変えてしまったのです。この話はそれっきりでしたが、しばらくして回天特別攻撃隊菊水隊のことが新聞に大きく載りました。菊水隊が回天出撃の第一陣だったようです」

回天出撃が新聞で報道されたのは、出撃から約半年後のことだった。昭和二十年四月十五日付けの朝日新聞は次のように報道しているが、記事の中に「回天」という文字は見当らず、この新兵器はベールに包まれたままである。

二階級進級の栄
神潮特別攻撃隊廿八勇士
海軍省公表（昭和二十年四月十四日零時）昭和十九年十一月二十日西「カロリン」諸島方面根拠地に敵艦隊を奇襲し必死必中の体当り攻撃を以って航空母艦二隻戦艦三隻を泊地に覆滅せる神潮特別攻撃隊菊水隊九勇士及昭和二十年一月十二日同二十一日中部太平洋方面並に「ニューギニア」北岸方面根拠地に在泊中の敵艦隊を必死奇襲し多大の戦果を挙げたる神潮特別攻撃隊金剛隊員十九勇士に対し今般左の通二階級以上進級を発令せられ又畏くも特旨を以って優渥なる論功行賞の御沙汰を拝したり
神潮特別攻撃隊菊水隊
海軍大尉　上別府宣博
任海軍中佐
海軍中尉　仁科関夫　同　村上克巳
同　福田齊
任海軍少佐
海軍少尉　宇都宮秀一　同　今西太一
同　佐藤章　同　渡辺幸三
同　近藤和彦
任海軍大尉
神潮特別攻撃隊金剛隊

海軍大尉　加賀谷武
任海軍中佐
海軍中尉　石川誠三　同　川久保輝夫
同　久住宏　同　都所静世
同　工藤義彦　同　原敦郎
同　吉本健太郎　同　豊住和寿
任海軍少佐
海軍少尉　井本文哉　同　伊東修
同　塚本太郎
任海軍大尉
海軍上等兵曹　福本由利満　同　有森文吉
同　村松實　海軍一等兵曹　佐藤勝美
海軍二等兵曹　芹沢勝見　海軍二等飛行兵曹　森稔
同　三枝直
任海軍少尉

「第一陣の出撃は、ちょうど私たちが結婚した頃です。潜水艦に積まれた四基の回天がウルシー環礁にいたアメリカの艦隊を奇襲、大きな戦果をあげたという記事でした。渡されていた写真の中のお一人は信夫と同期の予備学生、渡辺幸三大尉（慶応）でした。ほかに回天の創案者、仁科関夫少佐が写っていました。写真には渡辺大尉の署名があったので戦後、ご遺族にお返ししました。信夫が私に写真を預けたのは、自分も回天の搭乗員で特攻隊員であることを、それとなく伝えたかったんでしょうね。新聞では回天という名称は一切使われておらず、また回天がどんな兵器かの詳しい説明はありませんでした。でも私には、ぼんやりとですが想像できました。きっと大きな魚雷のような兵器なんだろうなと。たった一人でそれに乗って敵艦に体当たりするのだろうかと思うと、たまらなく信夫がいとおしくなって……」

淡々と話すユキ子だが、その時に味わったであろう重く辛い気持ちは、痛いほど伝わってくる。

渡辺大尉のほか、神潮特別攻撃隊菊水隊の宇都宮秀一（東大）、今西太一（慶応）、佐藤章（九大）、近藤和彦（名古屋高商）各大尉と、金剛隊の工藤義彦（大分高商）、原敦郎（早稲田大）両少佐は、いずれも池淵中尉とは同期の予備学生である。

第六艦隊の記録によると、池淵中尉はユキ子と逢った直後、光の回天基地から二度出撃している。最初は三月一日、回天特別攻撃隊神武隊の隊長として硫黄島方面に。二度目は多々良隊長として沖縄方面に出撃した。回天を運んだのはいずれも伊号第五八潜水艦だった。だが作戦変更による帰投命令や目指す敵艦に巡り会えず二度とも生還している。

魚雷に人間が搭乗して敵艦に体当たりする回天は、一度潜水艦から発進すると一〇〇％生還は望めない。たとえ体当たりに失敗しても、自力で筒から脱出することもできない。潜水艦からの発進は「決死」ではなく「必死（絶対死）」を意味している。選択の余地はなく極限状態の中で「死」を選んだというより、選ばざるを得なかったのだ。

出撃命令を受けた特攻隊員は、自分で自分の死を納得させ、全てを断ち切って出ていく。その時点で、すでに死を超越した心境であったことだろう。それが艇の故障などで決断が実現せず生きて帰る。再び出撃命令が出て、辛く苦しい体験を繰り返す。これはもう「耐える」限界をはるかに越えたもので、残酷としか表現のしようがない。隊員の心の中は、想像を絶するものであったろう。

萩原市郎は昭和二十年一月十一日、グアム海域で散った同期の工藤義彦少佐の思い出を次のように語っている。

「工藤は回天で二度出撃して生還。三度目の出撃で戦死しました。もちろん二度の生還は自分の意思ではなく、作戦の変更とか故障などのためですが、ずい分辛い思いをしたようです。周囲からは白い目で見られ中には死ぬのが恐いのか——などと馬鹿なことを言う上官もいる。そんなことより私の心が痛んだのは、彼の精神状態なんです。出撃するときは一切を断ち切り、死を覚悟して出ていくのです。生還を期す者なんていません。それがいろいろな事情で生きて帰って来る。緊張の糸はここで切れてしまうんです。これの繰り返しなんですよ。考えただけでもやりきれなくなります。工藤が最後の出撃をする直前、呉の潜水艦基地で偶然出会ったことがありました。一緒に飲んだのですが、彼の『人間、死ぬ覚悟なんて一度だけで十分』と、吐き捨てるように言った言葉が忘れられません。その時、私は返す言葉が見つからず絶句してしまいました」

四期の予備学生で、池淵中尉の部下でもあった久家稔少尉（大阪商科大、戦死後二階級特進して大尉）は、やはり二度出撃して生還。三度目の出撃で池淵中尉が発進した直後、突然爆雷投射で襲ってきた敵駆逐艦目がけて発進、母潜を救った。彼は、母潜に残した大学ノートに、

基地隊の皆様に

久家　稔

艇の故障でまた三人が帰ります。いっしょにと思い、仲よくしてきた六人のうち、私たちだけ三人が先に行くことは、私たちとしても淋しいかぎりです。みなさんお願いします。園田、横田、野村、皆はじめてではないのです。二度目、三度目の帰還です。生きて帰ったからといって冷たい目で見ないでください。園田は、故障で出られないとわかったとき、帰りたくないといって士官室で泣いておりました。園田の気持ちは、私には分かりすぎるくらい分かります。この三人だけは、すぐまた出撃させてください。最後にはちゃんとした魚雷に乗ってぶつかるために涙をのんで帰るのですから、どうかあたたかくむかえてください。お願いします。先にゆく私にこのことだけが、ただひとつの心配ごとなのです。

（鳥巣建之助著『人間魚雷』新潮社刊から）

と書き遺しており、読む者の涙を誘った。久家少尉にとっては、自分が味わった無念の思いを、三人の部下たちに二度、三度と味わわせたくない――そんな優しい思いやりが、短かい文章にあふれている。この遺書は「お願い」の形で書き綴られているが、彼にとってはせい一杯の抗議であったに違いない。

池淵中尉も二度の生還で複雑な心境であったろうが、新妻の前でそんな素振りは見せていない。

池淵夫妻の二度目の逢瀬は五月の末だった。日本国内への空襲も激しさを増していた。だが自然の移り変わりは戦火とは関係なく、高砂の町も若葉が萌えていた。そんなある日のこと、高砂出身で伊号第五八潜水艦に乗り組んでいた山本豊一兵曹がユキ子を訪れ、「今、池淵中尉は光基地におられますよ」と知らせてくれた。後で分かったことだが、伊五八潜は回天の搭載基数をそれまでの四基から六基に増やすことになり呉にドック入り。この間、乗組員には休暇が出た。伊五八潜で出撃の途中、山本兵曹は池淵中尉と艦内で碁をうったことがあり、同郷ということもあって知らせてくれたのだった。

ユキ子は、光市に飛んで行った。だが、基地にいる夫に連絡する方法がない。途方にくれたユキ子は以前に世話になった市内の民家を訪ねた。事情を聞いた民家の奥さんは、「こちらから基地には連絡できないんです。ここでしばらくお待ちになっては。そのうち何かの便があるかもしれませんから」と言ってくれた。

奥さんの言葉に甘えてユキ子は離れを借り、しばらく滞在することにした。全く当てのないまま一週間が過ぎた。

それは偶然のことだった。宮田大尉の使いでやって来た若い下士官が庭先にいたユキ子に、「あっ、奥さん。すぐ隊長に知らせます」と声をかけてきた。

「連絡役をして下さったのは信夫と一緒に出撃して戦死された轟隊の柳谷秀正一飛曹でした。童顔の柳谷さんとはそれっきりで、再びお会いすることはありませんでしたが、私とお話したときの笑顔は今も深く心に刻みついています」

その夜、池淵中尉はユキ子の待つ民家の離れにやって来た。ユキ子への第一声は、「よかった、よかった。本当によく来てくれた」だった。堰《せき》を切ったように話しかけるユキ子に対して、中尉は微笑《ほほえ》みながら静かに受け答えした。ユキ子は会話の端々から夫の出撃が近づいていることを妻としての勘で感じ取っていた。

すでに回天の戦果は新聞で報道されており、ユキ子も夫が搭乗する新兵器をぼんやりとだが認識していただけに、複雑な心境だった。

「何も心配させずに、静かにゆかせてあげたい」という軍人の妻としての気持ち。

一方では「この人だけは絶対に死なせたくない」という妻としての本音。

相反する二つの気持ちが激しく交錯した。それは第三者には想像しようにも出来ない切実な心理状態であったに違いない。

明るいユキ子は、私に対しても饒舌だったが、このあたりの話になると何度か言葉が途切れた。傷跡の深さをかいま見る思いだった。

二人が夫婦として過ごした日はわずか一週間である

ともすれば沈みがちになるユキ子に対して、中尉は楽しい話題を選び明るくふるまった。そんな夫の思いやりを敏感に感じ取ると、いても立ってもいられない気持ちになるのだった。
たった二夜のことだったが、ユキ子は不安に襲われながらも、つかの間の幸せをしっかり噛みしめた。夫と一緒にいるというだけで十分だった。といっても将来を語り合うということはなかった。口にはしなかったが、残された時間が短かいことをお互いに意識していたからだ。

「結婚すると万一の時、君が可哀そうだから……と、ためらいもあったし不安もあったんだ。しかし、どうしたことなんだろうか、結婚してからは、以前に比べてずっーと気持ちが落ち着いてきたんだ。偉大なんだなぁ、君は」

「もし子供ができたら、しっかり頼むぜ」

「俺は決して無駄死しないから、成功を祈っていてくれ。潜水艦の艦長もむやみに発進命令は出さないさ。獲物がいなければまた帰ってくるよ」

明るく話した夫の一言一言を、ユキ子は今もはっきり覚えている。

六月二日朝、基地に出勤した池淵中尉は前日より早く明るいうちに離れに帰ってきた。二人は離れの裏にある丘に登った。眼下の海は夕陽に染まって静かに広がっていた。それはまるで別世界の絵巻きを見ているような、平和な風景であった。

「あさって午前十一時、あそこから出ていく。ここから見送ってくれ」

光海軍工廠の一角にある突堤を指差して、中尉はさりげなく言った。

翌三日朝、庭先に見送りに出たユキ子をしっかり見詰めた中尉は、不動の姿勢で敬礼をした。白い軍服が眩しかった。そして、力強い足取りで出ていった。一切の未練を断ち切るかのように。これが最後の別れとなった。

四日の朝、ユキ子は早くから裏の丘に登って、その時を待った。やがて潜水艦は栈橋を離れ動き始めた。浮上したまま小さな点となった潜水艦は、光る瀬戸内の海の島陰に消えていった。

「信夫と二人で登った丘の上から、私は独りで信夫を見送りました。艦上の人も、見送る人達も豆粒のように小さく識別できませんでしたが、私は一生懸命、手を振り続けました。潜水艦が見えなくなった時、地球も止まったのではないかと思うほど、あたりは静まり返っていました」

あの日の光景は、半世紀を経た時点でもユキ子の脳裏には、鮮やかに焼きついたままである。池淵中尉を運んだのは伊号第三六潜水艦だった。光基地を出た伊三六潜は敵艦を求めてマリアナ海域に進出した。六月二十八日、やっと目指す敵に巡り会った。中尉は「あとを頼むぞ」と短かい言葉を残して発進、散華した。

それから一月半後、日本はポツダム宣言を受諾して無条件降伏、戦争は終わった。

高砂で終戦を迎えたユキ子は、夫の安否が気がかりで落ち着かない毎日を送っていた。心の支えは夫が最後に言った「獲物がいなければ帰ってくるよ」の言葉だった。

父に頼んで借家を一軒用意してもらった。復員してきたら、好物の団子をたらふく食べて貰《もら》おう——と配給の小麦粉をため込んだり、実家から所帯道具をせっせと運び込んだ。一抹の不安はあったが、夫の生還を信じていた。

池淵中尉の戦死の知らせが届いたのは、終戦の日から半月後の八月三十一日だった。

「知らせてくれたのは高砂出身で以前にも連絡役をして下さった五八潜の山本豊一兵曹でした。ご本人も『こんな役目は辛すぎます』と、何度もおっしゃっていました。その時、私は石臼で高粱《こうりゃん》を挽いていたんです。戦死と聞いた瞬間、もう、ぼーっとしてしまって……。腑抜けですわ。もう何んにもいらない、何んにもしたくない……。何にもする気が起きないんです。それから三日間ほどはぼやっーとしてゴリゴリと石臼ばかり挽いていました。挽きたての高粱の粉の上に涙が落ちるとアズキ色に染まるんです。悲しい色でした。父も母もそんな私を黙って見ているだけでした。声を掛けようにも言葉が見つからなかったのでしょうね、きっと……」

ユキ子は、少し落ち着いてから思い出深い光市に出かけた。二人で過ごした民家を訪れ一週間ほど離れに滞在させてもらった。夫の面影を求めて裏の丘に登ってみた。あの日と同じように瀬戸の海は静かに広がっていた。だが、夫はこの世にもういない――そう思うと悲しみは増すばかりで、心の中にできた空洞は少しも埋まらなかった。

やがて、海軍光嵐部隊から次のような戦死公報が届いた。

池淵信夫中尉ハ回天特別攻撃隊轟隊トシテ六月四日伊号三六潜水艦ニテ出撃マリアナ東方海面ニテ作戦中　六月二十八日攻撃ニ向ハレシモ戦果ヲ確認スル由ナシ必ズヤ必殺轟沈体当リ敢行　見事武人ノ本懐ヲ達セラレタルモノト確認致候――。

一年後には、遺書と遺品が届いた。終戦直前にユキ子が出した手紙も一緒に送り返されてきた。封も切られないままに……。

遺書の最後には、三首の辞世が記されていた。

（妻へ）

今日の日を　かねて覚悟で嫁ぎきし
君の心ぞ　国の礎石

（母へ）

勲たて　還るぞ家の誉なれ
錦の小箱　母にだかれて

（殉職した入江兵曹へ）

君が殉職（し）を　仇にはなさじ君が英霊（たま）
いだきて共に　行くぞ安けれ

愛妻、母、そして出撃前の訓練中に殉職した部下への思い。その人柄が偲ばれる辞世である。だが、ユキ子は夫の死を受け入れる前に、戦死公報にあった「戦果ヲ確認スル由ナシ」の文章にこだわった。どうしても夫の最後の様子を知りたかった。

戦時中、回天は軍の最高機密だったこともあって回天のことを知る人は少なかった。さらに戦争末期は、軍部の混乱もあって未確認事項は多い。戦死公報が届き、遺書も遺品もユキ子の許に返ってきた。だが、最後の様子が分かるまでは、夫の戦死を信じたくなかった。というより「きっと生きているに違いない」という思いが、日毎に強くなっていくのだった。

「とにかく落ち着かない毎日でした。気を紛らわすため、編み物を習い始めたのです。ちょうど機械編みが流行《はや》り始めていた頃です。女学生の頃から手芸は苦手だったのですが、不得手なことに手をつけてうんと苦しんでみようと――。とにかくがむしゃらに打ち込んで四年後には自宅で編み物教室を開くまでになりました」

若い未亡人・ユキ子には再婚の話が何度か持ち込まれた。しかし、ユキ子は決して首を縦に振らなかった。しきりに勧める義母に対して、

「そんなに言うのなら、お母さんが行ったら」

と激しい調子で口答えしたこともあった。

再婚の話に耳を傾けなかったことについてユキ子は、

「信夫が五歳の時、私は信夫の母親を奪っています。だから、その償いをしなければいけないという気持ちが強かったのです。子供の頃、二人で遊んだ時間は長かったけど、結婚生活は短かすぎました。夫婦として一緒に過ごした時間はほんのわずかです。短かすぎただけに想い出が強すぎて、とても再婚なんて考えることができませんでした」

と語り、さらに言葉を足した。

「戦後も信夫の夢をよく見ました。途中で目が覚めて、しまったと思い慌てて眠ると決まって夢の続きを見るんです。再婚してもきっと信夫の夢を見るに違いないと考えると、そんな自分がとても怖かった。頭の中では信夫は戦死したと分かっているのです。でも信夫の最後を見届けた人は誰もいない。信夫はどこかで生きているに違いないという思いをどうしても捨て切れなかったのです。ひょっとすると、まだ目指す敵艦に巡り会えずに広い太平洋の海原をさまよい続けているのではないだろうかとか、どこか無人島に流れ着いているのでは……。周囲の人は信夫は戦死したというけれど、私には信じられなかった。暗い海の中を、今もさまよい続けているに違いない――そう考えると、信夫が可哀そうで……」

夫は生きていると信じ込んでいても、現実には帰ってこない――しかしユキ子にとって、違

和感はなかった。だが、こんな矛盾した思いは義母はもちろんのこと他人には話せることではない。本当に戦死したのなら、最後の模様をだれかが知っているはず――ユキ子の苦悩は続いた。

ユキ子が靖国神社を初めて参拝したのは昭和四十年六月二十八日だった。最初は義母のトクと、夫を慕っていた姪の柳下昭子が一緒だった。たまたま神社の遊就館に夫の遺品が数多く飾られていた。これを見つけた昭子は、「あっ、叔父さんが……」と、ぼろぼろ涙をこぼしながら絶句してしまった。

これがきっかけとなって毎年、夫の命日の靖国詣でが始まった。どうしても上京できないときは昭子が代参した。「夫は生きているに違いない」という気持ちと、命日の靖国詣で――ユキ子は、自分の行動に少しも矛盾を感じなかった。

靖国神社だけでなく、かつての回天の基地跡、山口県徳山市大津島にある徳山市立回天記念館にも何度か足を運んだ。夫の最後の様子を知りたい、せめて手がかりだけでも。ユキ子は必死の思いだった。

世の中が少し落ち着いてくると、戦記物が次々と出版されるようになった。ユキ子は本屋で「回天」に関係のある書籍を捜しては、むさぼるように読んだ。だが、夫の最後については決まったように「池淵中尉搭乗の回天は敵艦を目指し伊三六潜を発進したが、その直後、伊三六潜は敵の駆逐艦の激しい爆雷攻撃を受けたため急速潜航、池淵中尉の戦果は確認されていない」とあるだけだった。

「伊三六潜に乗り組んでいた方たちにも、何度かそれとなく聞きました。でも回天の搭乗員は潜水艦の中に特別な一室を与えられていたようで、乗組員とは言葉を交わす機会も少なかったようです」

ユキ子の苦悩は続いた。

こんな辛い思いを、回天ゆかりの人たちが昭和五十一年に出版した「回天」に、次のような文章と短歌に託して寄せている。

「――終戦後二十年ほど経ったころから、昔をなつかしむ潜水艦の方々の集まりにおよばれする機会がふえてまいりましたが、回天にとっては〝仮の宿〟だったであろう潜水艦の乗組員には、池淵を知る人も少ないようで、戦友や知人にめぐり会うこともございませんでした。当然のこととうらみには存じませんが、池淵と言葉を交わした人もいないという悲しい現実には、空しい感じを受けました――」

夢に見る君の姿はりりしくて
　年ふることのなきぞ悲しき

ユキ子の痛切な思いがにじみ出ている文章である。

ユキ子が捜し求めたのは戦友や書籍だけではなかった。

「あれはいつでしたか『人間魚雷回天』という映画を見たことがあります。ありきたりの戦争映画とはひと味違ういい作品でした。私がそんな気持ちで見ていたせいかも知れませんが、映画の中に登場する予備学生の士官のモデルの一人は、どうも信夫じゃないかという気がしてならないんです」

映画「人間魚雷回天」（新東宝）が封切られたのは昭和五十五年で、池淵少佐と同期の海軍第三期兵科予備学生（陸戦）だった松林宗恵監督の作品である。従容として死に赴く予備学生の姿を淡々と描いており、特に無常感が漂う回天の出撃シーンは秀逸で、戦後最高の戦争映画と評価された。

ユキ子の疑問を解くため、私は松林監督に手紙で問い合わせてみた。監督からは折り返し次のような丁寧な返信をいただいた。

夫が散華したウルシーの海に般若心経を洋上奉納するユキ子さん

「啓上御書面拝見致しました。映画『人間魚雷回天』の主人公にしたのは当時回天に実際に搭乗していた海軍兵学校と予備学生出身の士官をモデルにしました。津村さん（注・人間魚雷の原作者で津村敏行はペンネーム。日比野寛三少佐、予備学生の教官）の原作をはじめ、色々な実戦記録をもとにして登場人物を設定致しました。池淵士官も勿論その一人であります――（以下略）――」

監督からの手紙を伝えると、ユキ子は何度もうなずいていた。

激動の昭和の幕が降り、年号が代わった平成元年暮れのある日、ユキ子の許に一通の手紙が届いた。発信人は池淵少佐のコレスで大津島の回天基地で一緒だった岩佐二郎（飛行十三期・神戸市須磨区在住）だった。

手紙には「外国の戦記作家が書いた本に、池淵少佐の最後の様子が記載されています」とあり、コピーが同封されていた。

本はリチャード・オネールが書いた『特別攻撃隊』＝神風、第二次大戦に於る特別攻撃兵器の発達とその作戦（益田善雄訳、霞出版社）だった。

オネールはイギリスの戦史作家である。特殊潜航艇、神風特別攻撃機、人間魚雷、万歳突撃をテーマに、攻撃側と防御側の記録を照合しながら詳しく調査、八年の歳月をかけて書き上げている。

同書によると、池淵中尉を運んだ伊三六潜は六月二十八日午前十一時、護衛艦なしで十二ノットの速力で航行中の輸送船を発見した。池淵中尉は約十二海里の距離で発進した。伊三六潜は、敵の五インチ砲の猛射を受けながら突き進む回天を潜望鏡で追っていたが突然、敵駆逐艦二隻に襲われたため急速潜航、戦果を確認することはできなかった。

アメリカ側の記録によると、池淵中尉がねらったのは輸送船アンタレス号（六千トン）だった。同号は回天を発見すると、五インチ砲を射ち続けながら回避行動をとり、わずかなところで回天から逃れた。回天はアンタレス号を至近距離でそれた直後、爆発した。

ユキ子は、一気に読み終えた。四十余年もの間、くすぶり続けていた胸のつかえがやっと取れた思いだった。ユキ子の戦争は、この時点でやっと終わった。四十四年目の終戦だった。

平成二年二月十日。ウルシーの海はどこまでも蒼く、果てしなく広がっていた。

前日、グアム島を出帆した客船オシアスグレー号は、ウルシー海峡にさしかかると船足を止めた。甲板上ではかつての大戦中、この周辺の海で散華した英霊四百三十四柱を弔う洋上慰霊祭がしめやかに営まれた。

慰霊祭は戦時中、池淵少佐をはじめ何度かこの海域に回天を運んだ伊三六潜の生き残り乗組員で組織している「イサムの会」が、亡くなった戦友の遺族にも呼びかけて行ったものだった。

船上には招待されたユキ子の姿もあった。夫を失った悲しみは消えるものではないが、気持ちの整理はついていたのだろう、慰霊祭の挨拶で次のように述べている。

「――幾たびも夢に見た、青い青い大海原でございます。私は死んだら魂となって遠い波間に夫を捜し求めようと長い間、思いつめて参りました。それがはからずも最近になって外国人作家の本で池淵がポツンと一人、行方定まらず亡くなったのではなかったのだと分かり、安堵致しました。このたびは三六潜の皆様のお陰で、その青い波間をたどり、太平洋の波の水泡をしみじみと見入り、ささやきを耳にすることができました。私はやっと、長い長い間の胸のつかえが解けた思いでございます――」

ユキ子は、姪の真沙子夫妻を養子に迎え平和な毎日を送っている。

居間には、夫と海軍で同期だった近藤秀文から贈られた士官服姿の夫の肖像画が飾られている。「決して年ふることのない、りりしい」夫の肖像画に向かい、ユキ子は外出時と、帰宅時に声を掛けることを今も忘れない。

四、沖縄の丘に建つ観音像

――今も続く現地住民との交流――

沖縄は「塔の島」と呼ばれるほど数多くの慰霊塔が建っている。

激戦が繰り広げられた糸満市には百三基もの塔が並ぶ。同県内の慰霊塔の総数は三百三十基に達している。内訳は、都道府県が建てた塔四十六基、市関係百九十四基、戦友会関係四十基、同窓会関係二十二基、遺族会関係十五基、その他十三基（数字は平成十二年現在、沖縄県平和推進課調べ）だが、慰霊塔の大半は本島の南部に集中している。

平成七年六月、糸満市摩文仁の平和祈念公園に、平和の礎《いしじ》が建立された。沖縄戦終結五十周年記念事業として沖縄戦で亡くなった二十余万柱の追悼と平和祈念を目的としたものである。平和の礎の特色は、国籍や軍人、民間人を一切問わず、被害者も加害者も全ての戦没者を戦争犠牲者として、その名前を碑に刻んでいることで、慰霊碑としては世界でも例がない。刻銘者は沖縄県の約十四万八千柱をはじめ日本人は都道府県別に、外国人はアメリカ、韓国、北朝鮮、台湾、イギリスなどで犠牲者の名前が国別に、それぞれ母国の文字で刻まれており、その数は二十三万七千三百十八柱（平成十二年六月現在）に達している。

これから登場するのは、平和の礎の大分県の刻銘板にその名を刻まれている第一期魚雷艇学生・武下一大尉の遺族と、沖縄の人達の心暖まる交流の物語である。

本島の北部、本部半島の今帰仁村湧川の小高い丘の上に、地元の人達が「武下観音」と呼ぶ観音像が建っている。この地で戦死した息子のために、大分県日田市の武下秀吉（故人）が建立したものである。

コンクリートづくりの納骨塔を囲んで中央に等身大の観音像、両脇に地蔵尊と不動明王の像が建ち「南海之塔」と書かれた碑には、武下一海軍大尉のほか、陸海軍の兵士、地元民などこの地で戦死、戦没した合計十二柱の名が刻まれている。観音像の建立が縁で、武下大尉の遺族や、大尉が所属していた第二十七魚雷艇隊の生存者と、地元湧川住民の間には温かい交流が半世紀を経た今も続いている。

今帰仁村の丘に立つ武下観音

武下一大尉は、九州大法学部を繰り上げ卒業後、海軍を志願し第三期兵科予備学生として旅順予備学生教育部に入隊した。基礎教育を終えると水雷学校に進み、第一期魚雷艇学生として長崎県川棚で訓練を受けた。

訓練終了後、成績が優秀だった武下少尉（当時）は、教官として川棚に残り、第二期魚雷艇学生（四期予備学生）の教育に当たった。

昭和十九年八月、大本営の沖縄作戦計画により、新しく編成された第二十七魚雷艇隊の艇隊長として沖縄に出撃した。第二十七魚雷艇隊については後述するが、武下少尉は夜間の奇襲作戦で三度にわたって出撃、戦果をあげた。その後、基地の運天港はアメリカ軍の執拗な攻撃をうけ、同隊は空襲で全艇を失ってしまった。

基地を撤収した同隊は、陸軍の指揮下に入った。陸戦で再起を期そうにも、満足に武器さえ持たない隊だった。

今帰仁村の山中に潜み、持久戦に入った第二十七魚雷艇隊の敵はアメリカ軍だけではなかった。この年の梅雨は例年になく雨量が多かった。さらに深刻だったのは「飢え」との戦いだった。米粒を口にしない日が何日も続いた。畑の芋は掘りつくし、砂糖キビは根まで掘って口にした。夜になると地元の住民が、アメリカ軍の目を盗んで食糧を運んでくれたが、それにも限界があった。

この頃、武下中尉（この年の十二月に進級）は、同期の艇隊長と相談、同中尉が中心になって隊員を飢餓から救うため大胆な食糧確保作戦に取り組んだ。

運天港のすぐ近くに屋我知島という小さな島がある。島にはハンセン病患者のための施設、愛楽園があった。すでに沖縄を制圧していたアメリカ軍から同園へ、救援の食糧や医療品が支給されているとの情報が流れていた。

地元住民の紹介で愛楽園の事務長、儀部朝一と密かに会った武下中尉は、餓死寸前の隊の現状を話し、食糧を分けてほしいと申し出た。

儀部事務長から報告を受けた園長の決断は早かった。味方の窮状を放ってはおけないと食糧補給を快諾。早速、輸送方法の打合せをした。

二、三日して米を運ぶことになったが、それは大変な作業だった。

運天港を占領したアメリカ軍は、日本軍の襲撃に備え、夜間も港内を照明でこうこうと照らしていた。その上、港内をアメリカ軍の艦艇がひっきりなしに行き交う。そんな物々しい警戒の網をかいくぐって、こっそりと米を運ぼうというのだ。

米の運搬役は、島の若い女性たちが引き受けてくれた。三十キロ入りの米袋、計五十袋を地元の人達が「サバニ」と呼ぶくり舟に分けて積み、対岸へと運んだ。この意表をついた補給作戦は、見事に成功したのだ。

補給作戦は二度にわたって実施され、隊員を飢えから救ったが、その後アメリカ軍に情報が流れたことで監視が厳しくなり、中止された。

補給作戦終了後、武下中尉は密かに島に渡り、隊員の飢えを救ってくれた島の人達にお礼を述べた。「礼儀正しい海軍さん」と島の人達は中尉に好感を持った。

戦後、武下中尉の父、秀吉は息子を追悼する「武下一回顧録」を上梓したが、武下中尉の印象について、儀部は次のような文を回顧録に寄せている。

「武下中尉のお話は、山中で飢餓状態にある兵士への食糧と薬品調達のご相談であった。中尉は、極めて温厚誠実な方で、兵士への愛情溢れる青年将校という初印象を私は受けた。また何より頼もしく感じられたことは、あの激しい戦いと耐乏の長い山中生活にもかかわらず日本軍将校としての威厳が服装や軍刀にハッキリ読みとられたことであった」

武下中尉が戦死したのは、終戦直前の二十年六月十九日だった。魚雷艇学生の同期で、第二十七魚雷艇隊の艇隊長として一緒に戦った中原正雄（東大・神鋼商事顧問）は次のように振り返る。

「あの日、私達はいつものように夜明けとともに散会して、山の茂みや凹みに隠れました。夕方になって谷間の方から銃声が聞こえてきたのです。銃撃戦はしばらく続きました。再び静けさを取り戻してからのことです。武下の部下が駆けつけてきて、『武下中尉がやられました』というのです。私は周囲にいた者の声をかけ、急いで山を下りました。川原に建つ小屋の前で武下と、二人の部下が倒れていました。

小屋の中で休んでいるところをふいに襲われたのでしょう。武下は小屋を飛び出し応戦したようです。銃撃戦といっても、こちらの武器といえば武下が持っていた拳銃一丁だけなんです。多勢に無勢、自動小銃対拳銃、これでは勝負になりません。でも、武下は弾の続く限り堂々と撃ち合った……。

アメさん（アメリカ軍）は、毎日欠かさずパトロールをやって来ていましたが、そのコースは決まっていました。あの日に限りいつもとは違う方向から来たのです。

私達は川原に戦死した三人を並べて丁寧に埋葬しました」

やはり同期で艇隊長だった小渓宣正（大分師範・前大分県院内町教育長）の回想。

「我が軍も山の稜線に見張りを立てていました。敵はあの日に限っていつものパトロール・コースではなく、川の下流からせせらぎの中を歩いてやって来たのです。もちろん人が歩けるような道なんぞはない場所なんです。残念ながら、見張りの位置からは目の届かない場所でした。武下は拳銃を撃ち尽くし、一発の弾も残っていませんでした。戦死した武下を神格化する訳ではありませんが、彼の最後は立派でした。武下は食糧調達で活躍してくれましたが、彼の人柄もあって住民とは、堅い信頼関係で結ばれていました。私は彼の戦死を知らせるため、十日ほどして屋我知島に渡りました。敵の監視が厳しいので、ずい分遠回りをして、泳いで行ったのです。人望のあった武下の戦死を、島の皆さんはとても悲しんでくれました」

武下中尉とともに戦死したのは、和佐常吉上機曹と稲田正美一等主計兵曹の二人。交戦した相手は、硫黄島の戦いにも参戦し、沖縄に上陸したアメリカ軍の中では最も精鋭といわれたマリン第三師団のパトロール隊だったという。

大きな傷痕を残して戦いは終わった。

大分県日田市にある武下大尉（戦死後進級）の留守宅に、大尉の戦死の公報が入ったのは終戦直後だった。ぷっつり消息が途絶え、安否を気づかう毎日を送っていただけに一家の悲しみは深かった。やがて遺骨が届いたが箱の中に入っていたのは、一片の木札だけ。

それだけではなかった。一家は終戦直後の大きな混乱の渦に巻き込まれていった。

大尉の遺骨が届いて間もなくして、海軍省から、

「戦死の公報は誤報で、間もなく復員する。すでに支給した弔慰金などは一括して返納するよう」

との通達が舞い込んだ。

当時の様子を父、秀吉は「武下一回顧録」の中で次のように記している。

「私は取るものもとりあえず東京の海軍省へ伺い、受付で示された二階々段を昇るその時、ふと何故か胸騒ぎが致しました。

心を落ち着け、勇を鼓して二階窓口に通達の事由を申し出たにも係わらず、臨時雇いとも思しき係官二十名ばかりがいながら、一同首をうな垂れ、口をつぐみ、接する私に対して、挨拶の一言も発して呉れなかったのです。

私はその時、はっ！　として、応えるものがあり、その場で大きな期待が外れ、万事休す！　の誠になさけない心情に陥ってゆきました。そして、そのまま、海軍省の一室に座り込み、腰を上ぐることさえ出来ませんでした。

そうした私の落胆の態を見兼ねてか、海軍省の方では、何にせよ真偽を明らかにすることを約し、なお私の数日間の滞在をも認め、私的な調査の許可を与えてくれました。

海軍省の酌量により、幾分気を取り直すことの出来た私は、親戚縁者の援助も得て、横須賀をはじめ、各戦友の繋り先等訪ね歩いてみた結果、混沌とした市井の中に、伜の生存を伝えて呉れる人も見当らず、無為の日時を過ごすばかりで、遂に失意のどん底におちいり乍ら、再び海軍省に引き返したのでした。

さて、海軍省としては、こうした私の行動に対して、上京経費として金一封を賜りましたが、悲嘆の底に沈んでいた私にとってはどうにもならない事でした。表通りへ出ると、折りから北国洪水大被害の後とて、街頭に災害救済運動が行われており、立場こそ違え悲嘆を分け合ふ気持ちで、お上から今しがた与えられた一封を、そのまま義援金に投じた記憶が残っています。私はその足で帰宅することにしたのでしたが、引きずる足が、あんなに重かった事はかつてありませんでした。

私の上京の際は多くの方々から、慶びの声援を戴いて出発したのでしたが、さて帰りとなると家の中は只静まり返っていて、沈黙が暗く待っているだけでした。遺骨は、前後五回に及び鄭重に送り届けられたのでしたが、然し何れにも遺骨らしきものは見当らず、全く洞ろを覚ゆる丈けでした」

喜びの絶頂から、悲しみのどん底へ——秀吉の胸の内は察して余りある。

秀吉は一人息子の戦死の模様、そして戦死の場所が分かれば遺骨の収集をしたいと願い、奔走した。だが、終戦直後の混乱の中、しかもアメリカ軍の占領下にある沖縄の情報を入手するのは困難なことだった。秀吉の悶々の日が続く。


その頃、沖縄の今帰仁村では村の青年団員を中心に、山中に放置されたまま白骨化している戦死、戦没者の遺骨収集が始まっていた。

当時の青年団長、川上正一（今帰仁村代表監査委員）は、

「私は、広島県の呉で終戦を迎えましたが、今帰仁に復員してきたのは昭和二十一年十月でした。当時、この村も戦場になったため、山中には野ざらしになったままの戦死者の白骨が放置されていました。聞けば米軍と銃撃戦を交え戦死した海軍さんの遺体も仮埋葬してあるという。私も海軍で掃海艇に乗っていたので、人ごととは思えなかったのです。そこで、青年団の手で遺骨の収集をしようということになり、二十一年から三年がかりで取り組みました。武下大尉をはじめ陸海軍の軍人さん、民間人も含め十二柱の遺骨が見つか

りました。名前の分からないものもありましたが、収集した遺骨は丁寧に洗骨して、遺族にお渡しするまでお預かりすることにしました」

一方、秀吉は何とか沖縄に渡ろうと、何度も渡航申請を出し続けていた。終戦直後の沖縄は、米軍政下にあり、琉球政府が発足したのは昭和二十八年四月、母国日本に復帰したのはさらに十九年後の同四十七年五月のことである。

再び川上正一の回想。

「武下大尉のご両親が初めて沖縄に来られたのは確か昭和三十五年だったと記憶しています。ご子息の消息を求めて最初に今帰仁村役場を訪ねられ、当時村の助役だった糸数昌徳さん（故人）が、私達青年団の遺骨収集の様子を詳しく話をしたようです。

沖縄の住民の中には、軍人と一緒に避難していた壕から追い出されたり、スパイ容疑で日本軍に銃殺された人もいます。そんなこともあって沖縄の住民の敵はアメリカ軍だけではなかったのです。味方であるはずの日本軍に反発する住民も多かったようです。だが武下大尉の第二十七魚雷艇隊は違っていたようです。基地設営のころから規律正しく行動し、住民との接触も紳士的だったことから、深い信頼関係があったようです。だから魚雷艇隊が陸戦に移り、山の中に籠もってからも、住民は危険を省みず、アメリカ軍の目を盗んでは夜中に食糧を運んだのでしょう。

話を戻しましょう。大尉のご両親は、来島された翌日、助役の案内で湧川に来られました。大尉が戦死されたトールカ川や周辺の山をご案内しました。お父さんは、青年団が遺骨を収集し、お預かりしていることを感謝してくださいました。以後、沖縄へ自由に渡航できるようになってからは、大尉のご命日には一度も欠かさずお参りに来られていました」

武下秀吉は、湧川地区の人達の英霊に対する暖かい行動に感激、湧川地区に青年団が集めた十二柱のための慰霊塔を建てる決意をした。

まず武下大尉が戦死した場所の近くに、用地を購入、建設にかかり昭和三十九年夏に完成した。塔は納骨塔と観音立像を中心に、両側には地蔵尊像、不動明王像が並ぶ。「南海乃塔」と書かれた碑には、武下大尉ほか、この地で戦没した十一柱の名が刻まれている。

慰霊塔の入魂の法要は同年八月十日、しめやかに営まれた。秀吉が武下大尉だけでなく、他の十一柱を含めた合同慰霊碑として塔を建立したことで、今度は地元の人達が感激した。ここから湧川地区の人達と武下家の交流が始まった。

秀吉は、湧川小学校の児童に大量の書籍を寄贈した。学校では、これらの本を「武下文庫」と名付け図書室にコーナを設けた。

また、今帰仁村の体育館建設、湧川地区公民館建設では多額の資金を寄付している。

湧川の与儀常次区長は、

「武下大尉のお父さまには、村や湧川地区の施設をつくる際、随分《ずいぶん》協力をしていただきました。武下家とのお付き合いは大人達だけではありません。武下文庫を贈っていただいた子供たちが感謝を込めて、六月二十三日の慰霊の日の前には、湧川中学校の生徒を中心に、私達が武下観音と呼んでいる南海之塔周辺の草刈りや清掃を今もずっーと続けているんですよ」

また、川上も、

「大尉のお父さんは人格者でした。村の事業に資金面で何度か快く援助していただいたこともあります。武下家とこの湧川地区住民とのお付き合いは親戚、いやそれ以上のものです。ご両親は生前、毎年お参りに来島されていました。お父さんのお葬式（昭和六十二年没、享年九十二歳）にも、そしてお母さんのお葬式（平成五年没、享年九十三歳）にも湧川からは、区長、ＰＴＡ会長、それに私らが大分県日田市に行き葬儀に参列しました。大尉にはお二人の妹さんがおられますが、ご両親が亡くなってからは、妹さんやご養子さんがお参りに来島されています。代が変わっても親戚同様のお付き合いは続いています」

と、言う。

交流は遺族だけではない。艇隊長だった渓谷宣正も、かつて第二十七魚雷艇隊の基地になっていた天底小学校に、「戦争中はお世話になりました」と、沖縄が本土に復帰する前から百科事典や少年文学全集などを贈り続けた。地元の人達は、

「小渓艇長はとても温かい人でした。戦後もここの児童のためたくさん本を寄付していただいています。だから艇長が病気をされた時などは、児童達が『早く元気になってください』と、お見舞いの手紙を出しています」

天底小学校の図書室に並ぶ百科辞典は、すでに手垢で汚れているが、今も利用され続けている。

故郷、大分県に復員した小渓は、京都中央仏教学院に入学、僧籍を得た。広谷山得應寺の住職をつとめた後、郷里の小・中学校長、教育長として教育界で活躍した。

「三十三回忌、五十回忌には武下を含め第二十七魚雷艇隊の戦死者の法要を武下観音の慰

霊塔前で営みましたが、ご遺族、生存する隊員の他、村の行事であるかのように、大勢の今帰仁村の方が参加してくれました。私達は感謝の気持ちを込め、集まった浄財のうち、慰霊祭の費用を除き、村の老人会に寄付しました。私達の基地になっていた天底小学校周辺の方たちとの交流も、未だに続いています。ええ、年賀状も毎年、沖縄から三十通ほどいただいていますし、地元で穫れたマンゴーやスイカ、ユリの花などが届くんですよ。私達は最後まで正々堂々と戦いました。村の人達もこれを認めてくれているのだと思います。だから戦時中に出来た信頼関係が今も続いているのです」

と、小渓は話している。

五、特攻・殉国の碑を守って
——長崎県川棚町の庄司キオ——

私たち第一期魚雷艇学生二百十余名が突然のように横須賀田浦の海軍水雷学校から長崎県大村湾沿いの川棚町にある川棚臨時魚雷艇訓練所に移されたのは昭和十九年四月のことであった。はじめそこは水雷学校の分校の性格を持たされていたが、のちに魚雷艇だけでなく震洋、回天、伏竜など特攻兵器の訓練所にも当てられたために人員の増加をきたし規模がふくれあがって川棚警備隊となった所だ。しかしわれわれが入所した当座は、専ら魚雷艇学生のための施設だけが目立つ急ごしらえの寂しい魚雷艇専用の訓練所であった。大小の岬や島に囲まれて海岸線の入り組んだ小串浦の更に奥まった小さな入江の周辺が敷地に当てられ、学生舎はその入江に突き出た片方の高台の方に設けられていた。つまり学生舎のある高台からは、それほど広くないコの字型の入江とそれを囲む低地がいつも見おろせていて、本庁舎とも言うべき建物の幾棟かと、簡単な急ごしらえの桟橋に十隻ばかりの魚雷艇や内火艇が繋留されているのが認められるだけであった。まさかそこがあとでは空き地が見られぬ程も多くの兵舎が建ち並んだ場所になるなどとは想像もつかなかった。それ自体小さな岬であった高台に設けられた学生舎は、われわれがはいった時はおがくずなども片づけられぬままの木の香りもなまなましい出来たばかりの建物であった。(略)
当時大村線にはまだ小串郷駅が設けられてはいなかった。臨時魚雷艇訓練所の所在の字は、現在は新谷郷の域内にはいるが、私たちは川棚町の小串だと聞かされていた。最寄りの駅は佐世保がわの南風崎か、反対がわの川棚であった。

(島尾敏雄著「魚雷艇学生」から)

海軍水雷学校(横須賀市田浦)に魚雷艇部が新設されたのは、昭和十八年一月のことであった。訓練は東京湾で行われていたが、艦船の往来が多く、魚雷艇の訓練場所として支障が多かった。東京湾に変わる場所として、長崎県の大村湾に沿った川棚町に水雷学校の分校、臨時魚雷艇訓練所が設けられた。翌十九年五月、第一陣として横須賀からやって来たのが第一期魚雷艇学生(第三期兵科予備学生で編成)だった。

川棚の魚雷艇臨時訓練所は、予備学生を中心に魚雷艇の艇長要員の養成訓練が当初の目的だった。だが、魚雷艇のエンジンなどの開発が追いつかず、さらに戦況が悪化してからは、劣勢を挽回するため㊃(マルヨン)と呼ばれる水上特攻兵器「震洋」の正式採用がきまり、川棚で搭乗員の訓練が始まり、規模の大きな訓練所になった。

訓練を受けたのは、予備学生だけでなく、海兵出身の士官、予備生徒、予科練(飛行予科練習生)などで、川棚でごく短期間の猛訓練を受け、魚雷艇、甲標的(特殊潜航艇)、人間魚雷回天、震洋などの特攻兵器の搭乗員として出陣、散華した兵士たちは三千五百余人にのぼる。

作家の島尾敏雄ら第一期魚雷艇学生たちが、猛訓練に明け暮れた長崎県東彼杵郡小串郷の川棚臨時魚雷艇訓練所跡に建つ「特攻・殉国の碑」を私が訪ねたのは晩秋の肌寒い日のことだった。

早朝に長崎を発ち、大村線の川棚駅で下車、タクシーに乗り継いで碑に到着したのは午前八時過ぎだった。生け垣に囲まれた五百平方メートル程の敷地の中は管理が行き届いており、碑の前には色とりどりの生花が供えられていた。規則正しく残る箒目の上に、落ち葉が寂しげな秋の模様を描いていた。

背後の丘陵は、季節を写して灰色に衣替えを始めていた。目の前に広がる大村湾は、東西約十キロ、南北約二十八キロの楕円形で、外海とつながっているのは、早岐の瀬戸、針尾の瀬戸の二カ所の狭い水道だけ。海というより湖といった感じである。

この湾内を魚雷艇や震洋艇が轟音をあげて疾走していたとは、どうしても想像できないほど穏やかだった。水面は朝の陽を受けて鈍色に光り、半世紀前の過酷な出来事をすっかり包み込み、何事もなかったかのようにのどかに横たわっていた。

学生舎、教官室、防空指揮所——旧海軍の「川棚臨時魚雷艇訓練所要図」で見た施設も今はない。

かつて大勢の若者たちが掛け声を掛けながら元気よく体操をしたり駆け足をしていたという砂浜は、護岸工事で様子が変わり舗装道路になっていた。

昔を偲《しの》ばせるものといえばわずかに「川棚魚雷艇訓練所跡」と記された小さな標識と、さらに湾の右手の沖合に頭を出しているコンクリートの残骸が波に洗われているだけだった。土地

の人から、

「あのあたりに桟橋がかかっていて、魚雷艇への乗降に使っていた。残骸は桟橋の橋桁でないかと思う」

と聞いた。同じような残骸は、西側に伸びる小さな岬（大埼半島）の向う側、三越《みつごえ》にも残っているいると話していた。

海に向かって建つ特攻・殉国の碑は、この地で猛訓練を受け出陣して行った特殊潜航艇や、震洋艇、回天そして魚雷艇学生など水中、水上特攻隊員の生存者たちが拠出した浄財を資金に昭和四十二年五月に建立された。碑の周囲には魚雷艇隊や震洋艇隊が戦ったコレヒドール島の海岸や、沖縄の金武で拾い集めた石がはめ込まれている。

碑には、次のような碑文が刻まれている。

昭和十九年　日々悪化する太平洋戦争の戦局を挽回するため日本海軍は臨時魚雷艇訓練所を横須賀からこの地長崎県川棚町小串郷に移し魚雷艇隊の訓練を行なった　魚雷艇は魚雷攻撃を主とする高速艇で　ペリリュー島の攻撃　硫黄島最後の撤収作戦など太平洋　印度洋において活躍した　更にこの訓練所は急迫した戦局に処して全国から自ら志願して集まった数万の若人を訓練して震洋特別攻撃隊　伏竜特別攻撃隊を編成し　また回天蛟竜などの特攻隊員の練成を行なった

震洋特別攻撃隊は爆薬を装着して敵艦に体当りする木造の小型高速艇で七千隻が西太平洋全域に配備され　比国コレヒドール島沖で米国艦船四隻を撃破したほか　沖縄でも最も

困難な状況のもとに敵の厳重なる警戒を突破して特攻攻撃を敢行した

伏竜特別攻撃隊は単身潜水し水中から攻撃する特攻隊で　この地で訓練に励んだ　今日焼土から蘇生した日本の復興と平和の姿を見るとき　これひとえに卿等殉国の英霊の加護によるものと我等は景仰する

ここに戦跡地コレヒドールと沖縄の石を併せて　ゆかりのこの地に特攻殉国の碑を建立し遠く南海の果に若き生命を惜しみなく捧げられた卿等の崇高なる遺業をとこしえに顕彰する

昭和四十二年五月二十七日

有志一同
元隊員一同

特攻隊要員として川棚で訓練を受けた人達は、死を前提に戦った。死線をくぐり抜け、紙一重の差で生き残った隊員が、散華した仲間たちへ寄せる思いは強く重い。

祖国のためにという純粋な気持ちで、その生命と青春を国家に捧げ国難に殉じた仲間たちの死が、いつの間にか忘れ去られようとしている。そんな風潮に対する怒りを込めて碑文を綴ったのではなかろうか。彼等の強く、そして切ない思いが碑文から伝わってくるような気がした。

碑の台座には震洋艇関係は部隊ごとに、その他回天、魚雷艇学生などに分けて散華した三千五百十一柱（平成十一年六月現在）の英霊の氏名が金文字でぎっしりと刻み込まれている。碑が建立されてから追加されたと思われる氏名、逆に消された跡もいくつかあった。削り取られた跡には、戦争をめぐって何か複雑な事情があったのであろうか。

それにしても碑に供えられた生花の鮮度、碑の周囲に造られた花壇の手入れや、境内の清掃は行き届いていた。通りかかった若い女性をつかまえて聞いてみた。清掃は地区の老人会の人たちが、生花は一人の老婦人が毎日やって来て花や水を替えているという。

ぜひ老婦人に会いたいと思い、住所や名前を尋ねたが、知らないということだった。小さな集落なので捜せばきっと会える。そう決めて、行動前の一服をと境内のベンチに腰掛け煙草を取り出したところで、尋ね人は相手の方からやって来た。

碑の前の広場は放置しておくと雑草がはびこるので、地元新谷郷の老人会が清掃を条件にゲートボールの会場に使用しているということであった。この日も、次々と老人たちが集まってきた。老人たちは境内の片隅に建てられた小屋から清掃道具を取り出すと念入りに掃除を始めた。ひと通り掃除が終わると碑の前で両手を合わせたあと、楽しそうにゲートボールを始めた。

何人かの老人に終戦直後の川棚の様子や、碑にまつわる話を聞いてみた。

「私は陸軍に召集されて支那事変に参加しましたが、大陸で敵の手榴弾で負傷、予備役になりました。太平洋戦争が始まると徴用で佐世保の海軍施設部で海兵団の用地買収や建築資材調達の仕事をしていました。昭和十九年には川棚地方事務所に転勤してきて、魚雷艇訓練所の兵舎建設の仕事に従事したのです。十九年夏には一月で五十棟もの二階建て兵舎を建てたこともありましたね。その直後にあれは予科練の人たちだと思いますが、一晩のうちに三千人ほどがここに到着。ほんの短かい間、訓練をしていなくなりました」(新谷老人会会長、寺井正喜)

「私は陸軍の通信兵でした。復員して帰ってくると、ここにはもう進駐軍がいました。ちょうど兵舎の取り壊しをしている最中で、私もかり出されましたよ。まだ浜辺にはマルヨン（震洋艇）が放置されていましたよ。そうそう、あの岬にも兵舎がありましたがね、確か『ハラさん』とかいう隊長さんが兵舎を使って精米所をやっていましたが、間もなく居なくなりました。私はこの土地で生まれ育ったのですが、よく親父に連れられて釣りに来たものです。このあたりは昔はきれいな海でしたがね。でもね復員して、ここの海で特攻隊の人たちが猛訓練をして、南の海で散っていかれたという話を聞いてからは、何というかやりきれない気持ちですね。悲しい海になってしまいました」（老人会、阿納勝）

老人たちは、臨時訓練所との係わり合いが忘れられないようで、まるで昨日の出来事のように話してくれた。

「ほれ、あの人ですよ」と寺井会長が突然、指をさした。私の尋ね人は、最後にやってきた。手にさげたバケツには純白の菊の花がいっぱい詰め込まれていた。

老婦人は老人会の仲間に挨拶をすると、ゲートボールに興じる群れには加わらず、碑に線香を立て、持参した菊の花を供えた後、膝を折って合掌した。そして花壇の草むしりを始めた。

私が声を掛けるとちょっと驚いた表情を見せたが、

「お話するほどんことも、なかですが……」

と、少しはにかみながら質問に答えてくれた。

老婦人は、新谷郷に住む庄司キオであった。新谷郷で生まれ育ったキオは、娘時代にこの地に設けられた臨時魚雷艇訓練所で訓練に明け暮れていた若人の姿を毎日、見ている。

「私んうちゃは高台にあるんで、海軍さんが訓練しなすっとる様子ば毎日眺めておりました。ええ、私たちゃ訓練所の中の兵舎への出入りば、させてくんならんかったから、海軍さんとは直接お会いしたこたぁありまっせぇん。お話したこともなかですたい。もちろんお名前も、お顔も誰ひとり知りまっせぇん。ばってん、今でんあん頃のことば、ようと覚えとります。毎朝、元気よか声ば掛けながら、体操ばしたい（り）砂浜ば駆け足で走っとんなさった。子供んごたる若い海軍さんが厳しか訓練ばしなすって、特攻隊で大勢、戦死しんさった……」

ここでキオの声は途切れてしまった。そして顔を隠すようにうつむくと、再び草むしりを始めた。

碑に供える生花は、キオの手づくりで自宅の畑で栽培したものだという。一年中花が切れないように、計画的に栽培しているそうだが、お盆の季節にはどうしても足りなくなる。そんなときは小遣いで花屋から買い求めているそうだ。

草むしりが一段落したところでキオは、私を境内の片隅にある道具小屋に連れていき中を見せてくれた。そこには二個バケツが置かれ、色とりどりの菊の花が出番を待っていた。

「こげんして日陰で水につけとくと、日持ちします」

子供が秘密ごとを話すときのように得意そうなキオの笑顔を美しいと思った。

私は、キオを労《ねぎら》う気持ちを伝えたいと思ったが、

「もう戦争があったことさえ忘れている人が多いのに、英霊の方たちもこんなに美しい花に囲まれて、きっと喜んでおられますよ」

と、ありきたりの言葉しか出てこなかった。

戦争はもちろん、戦後の厳しい飢餓時代も知らない世代が人口の大半を占めるようになった日本では、太平洋戦争は体験ではなく、歴史上の出来事として受け止める世代が多くなった。殉国の碑はこれらの人たちにとって、無縁の存在になりつつある。

それればかりだけではない。平成の世になって、就任したばかりの総理大臣が、公の場で「あの戦争は侵略戦争だった」と発言した。太平洋戦争についてはさまざまな見方があるが、果してあの戦争が、侵略だけを目的としたものだったと決めつけることができるのか。さらに、尊い命を投げ出した多くの学徒兵、いや兵士たちが侵略戦争と認識して戦ったというのか——殉国の碑に眠る英霊たちは、この発言を何と聞いたことだろう。一国の総理大臣の発言としては史観に欠けているばかりではなく、戦没者やその遺族に対する配慮もない、軽率な言葉だった。

戦後半世紀にわたって日本は一度も外国に銃を向けたことはない。「国のため、同胞を守るため」と散っていった多くの犠牲者の上にたって平和が築かれたという事実を、日本人は忘れてしまっているのではないだろうか。

そんな風潮を一切無視して、碑を守り続けているキオの、

「あん人たちは、自分の命ば投げ出して日本の国ば守ってくんなさった。今度は私が元気な限り、あん人たちをお花で慰めようと思うとります」

という言葉には、ずっしりとした重みがあった。キオにとってあの太平洋戦争は、決して歴史上の出来事ではないのだ。

特攻殉国の碑保存会の主催で毎年五月第二日曜日に例祭、五年に一度の大祭が行われている。川棚と縁のある人達や、遺族、海上自衛隊、そして地元、川棚町の人達が大勢集まって、特攻隊員として散華した英霊を偲ぶ式典の後、遺族を囲んでの懇談会が開かれている。式の参加する遺族や元特攻隊員の高齢化が進み、参加者の数が年々少なくなっていることから、将来に向けて碑の保存をどうするか——という問題が数年前から話し合われてきた。

平成十一年六月、保存会の二代目会長に就任した山田恭二（第一期魚雷艇学生）は、

「川棚臨時訓練所に縁のある人達で支えていくという現在の形はいつまでも続くものではありません。私達だけでは持ち切れないのは目に見えています。碑を建立した際、名称に〝慰霊〟とか〝忠魂〟の文字を入れると、英霊の魂を永遠に守らなければならない。私達がいなくなった後、誰が霊を守ってくれるのだ——という声があり、あえて慰霊、忠魂の文字を使わなかったといういきさつがあります。私達がいなくなった後の碑の管理を、地元新谷郷の方とか、海上自衛隊にお願いするのがいいのではないかと考え、お話し合いをしているところなんですが……」

と話していた。

太平洋戦争で散華した英霊の碑を、生き残った戦友たちが建て、碑の保存を建てた人達が心配しなければならない——聞いていて、何ともやりきれない気持ちになった。

碑の管理運営について地元の人達と話し合いを続けていた山田会長は平成十二年一月、旅先で倒れ、帰らぬ人となった。山田が胸を痛めていたこれからの碑の管理運営については、保存会と地元の話し合いが続けられていた。

その後、保存会の三代目会長には益田善雄（海兵七十三期）が就任。このほど、碑は地元の人達によって管理されていくことが決まり、平成十三年五月の例祭で正式に報告された。

第二章――生き残った者の記録

一、一魚会

「一魚会」――海軍第三期兵科予備学生のうち水雷学校で訓練を受けた第一期魚雷艇学生の戦友会である。会の特色について世話役の萩原市郎は、次のように話す。

「海軍予備学生の戦友会は今なお数多くありますが、中でも一魚会は抜群の団結を誇っています。それは私達は、特攻隊要員の士官だったという特異な体験を共有していることにあります。

海軍では〝水雷屋〟という言葉がありました。つまり水雷は海軍の中のアウトサイダーであり、水雷の予備学生はアウトローだと言われていました。私は魚雷艇に乗っていましたが、軍艦に比べるとちっぽけな艇です。狭い艇内を走り回っていると上官への挙手の敬礼も大変です。だから敬礼は朝一度やれば後は省略ということになっていました。海軍ではマナーを厳しく躾《しつけ》られました。しかし水雷では、最低限度の秩序さえ保てばいいといった雰囲気でした。戦後の三期予備学生総会でも、水雷の連中は、そんな雰囲気を引きずっています」

映像で太平洋戦争の学徒出陣が語られるとき、決まって登場するのが昭和十八年十月二十一日、明治神宮外苑競技場（現在の国立競技場）で開催された学徒出陣壮行会の雨中の行進である。

明治外苑の学徒出陣壮行会に参加したのは、徴兵による学生達だったが、これに先駆けて同年十月一日、多数の学徒達が、陸海軍に入隊している。陸軍特別操縦見習士官（第一期）と、海軍予備学生（飛行科第十三期、兵科第三期、整備科第七期）で、いずれも「志願」である。この時は受験資格は高専卒業見込み以上の者となっていたが、入隊したのは大半が同年九月に大学、高専を繰り上げ卒業した人達だった。

海軍の予備学生制度は、アメリカのＮＲＯＴＣ（Navy Reserve Officers Training Corps）制度を見習ったといわれている。アメリカでは大学卒業生を予備士官として養成しており、予備士官が第一次世界大戦では、プロの士官顔負けの活躍をしたことから注目されていた。

日本海軍で兵科予備学生の採用を始めたのは、太平洋戦争勃発直後のことだった。「海軍飛行科予備学生・生徒史」によると、第一期兵科予備学生が入隊したのは昭和十七年一月二十日、二期は同年九月三十日。三期の入隊は翌十八年十月一日である。任官者数は一期三百九十六人、二期四百八十四人、三期三千五百十五人。三期までは志願だったが、四期以降は徴兵となり、四期は同時に第一期予備生徒も入隊している。

兵科予備学生は六期（予備生徒は三期）までが入隊しているが、このうち実戦に参加したのは五期（予備生徒は二期）までで、任官者総数は一万二千六百七十八人、戦没者は一千二百二十四人。中でも三期予備学生の戦没者は目立って多く、半数以上の七百六人を占めている。

本書に登場するのは、いずれも第三期兵科予備学生のうち水雷学校へ進み、特攻隊の士官として戦った予備学生達である。

三期予備学生は、四カ月間の基礎教育を終えると水雷、航海、潜水、通信などの術科学校へ分かれて進んだ。水雷学校への入校者のうち任官したのは二百十三人である。彼等は第一期魚雷艇学生として、予備学生では初の魚雷艇艇長要員となった。だが魚雷艇の建造が追いつかず、魚雷艇学生たちは魚雷艇のほか、特殊潜航艇、震洋、回天など水上、水中特攻隊へ配置され、五十五人が戦没している。


さて戦後の予備学生達だが、復員直後の様子について山田恭二は、

「私は復員して東京の西荻窪に住みましたが、復員直後には時々、海軍同期の数人が集まって梁山泊を決め込んで天下国家を論じたものです。大学教授をしていた仲間が持参する実験用のアルコールが貴重でした。夜の街を大声で軍歌を歌いながら歩いていて、お巡りに注意されたこともありました。

海軍仲間が大勢集まったのは終戦の翌年だったように記憶しています。第一期魚雷艇学生の同期数人、二期魚雷艇学生、それに私は川棚で教官をやったり、震洋隊の部隊長をしていたので予科練出身の諸君などで、かなり集まりました。その席で魚雷艇関係者はこれからも連絡を取り合おう——ということになったのです。

会の名前をつけるのに、旧軍人の会合と分かってはまずい。当時はGHQの監視の目が厳しく、クラスの中には米軍によって手紙を開封、検閲されたという者もいました。元特攻隊ということでマークされていたのでしょうね。知恵を絞ってつけた名前が『魚来亭の会』でした。二回目の会合の案内ハガキが手元に残っていますが、場所は日本橋のみどり

や百貨店の地階食堂、会費百円。喫茶の会につき為念——の但し書きがあります。（笑）その後、私は大阪に転勤になり、京阪神に住むクラスと時々会っていました。戦友会結成のきっかけになったのは、クラスの名簿づくりでした。大阪在住で会社を経営していた萩原市郎が名簿づくりに執念を燃やしましてね。戦友会が出来たのは彼のお陰ですよ」

と回想する。

名簿づくりに奔走した萩原市郎の話。

「一魚会会員名簿の原簿は、水雷学校の教官が持っていた『魚雷艇学生総員名簿』で氏名、年齢、分隊別、班別、伍別そして顔写真に出身校、武道の段級などが掲載されていました。もう一つは、川棚にいた頃、海軍の伝統に従って結成したクラス会の『第一期魚雷艇学生級会員名簿』で、これには本籍、現住所、家族なども記載されていたのです。名簿づくりは、私一人でやったのではありません。故山口隆一（関西大）、故岩上晴雄（中央大）それに東京にいた牧野稔らと協力しあって取り組んだのです。

第一期魚雷艇学生二百十三人を対象に、散華した仲間はご遺族宛に照会状を出しました。といっても入隊前の住所が、朝鮮や台湾であったり、大都市は空爆で壊滅的な被害を受けており、全く手がかりのない者もいました。発送した照会状は百七十七通、受取人不明、返信なしなどが七十九通でした。我々の仲間で作家の島尾敏雄が、『一魚会とは何の会ですか。もし釣りの会なら私は関係ありません』と問い合わせてきたのもこの頃です。第一号の一魚会名簿を作成、発行にこぎつけたのは昭和三十一年のことでした」

名簿発行をきっかけに第一期魚雷艇学生の戦友会「一魚会」が、動き始める。年一回の総会、散華した仲間の慰霊、遺族訪問が始まった。

「この頃は会員も現役で産業戦士として活躍中であり、また特攻隊の生き残りとして、戦死した仲間に対してある種の後ろめたさのようなものを感じ、出席をためらう者もいました」(萩原市郎の話)

昭和四十八年四月には会報「航跡」創刊号が発行された。

B4サイズ、平均十六ページの紙面には旅順、武山での基礎教育、そして水雷学校での訓練の模様を詳しく書き記した日誌。散華した仲間への追悼記。教官の思い出。号を追うごとに遺族、教官、かつての部下からも原稿が寄せられるようになった。会員であり作家の島尾敏雄のエッセイも再三、掲載されており紙面は多彩である。萩原は、

「私達は不器用な世代です。国のため青春も命も捧げて戦い、散華した仲間も神様扱いだったのに、戦いに負けると手の平を返すように冷淡になってしまう。時間の経過とともに、もう戦争があったことすら忘れられつつあります。戦争に関しては家庭の中でも話は通じなくなっています。こんな話があります。昭和五十年代のことでした。亡くなったクラスの葬儀に参列した仲間たちが、棺を軍艦旗で巻いて送ったのです。そんな光景の中で、海軍仲間の読む弔辞を聞いた息子さんが『父は本当に特攻隊長だったのですね』と言ったそうです。

話が通じないから、口も重くなる。そんな私達にとって一魚会は話の通じる数少ない場所なんです。航跡(会報)も、単なる会員の消息だけでなく、私達が体験した戦争の記録を残しておこうという思いもあります。これは俺達の遺言だ——と言う奴もいます。記事に手柄話が少ないのも特徴です。海軍時代のことはお互いに誰かが知っているので嘘が書

けません。

会報は遺族にも送っています。遺族も読者である以上、悲しませるような記事は掲載できません。どうしても制約されます。私自身も、忌まわしいことは墓場まで持って行こうと思っています」

会報・航跡は平成八年七月発行の第五十一号まで続いた。途中、第四十五号を発行した段階で、集大成として千ページにも及ぶ本にまとめ上梓している。

編集を一手に引き受けていた萩原が体調を崩したため第五十一号発行後に休刊。その後、牧野稔、佐藤芳郎（横浜高工）、青山貞雄（明治大）、伊沢宏（大谷高商）らが引き継ぎ、タイトルも「一魚会報」に変更して継続している。平成十三年十二月現在、第十八号を発行、今も会員、遺族、そしてかつての教官を結ぶ役目を果たしている。

一魚会の会員が海軍に籍を置いたのは二年足らず、魚雷艇学生として全員が一緒に生活し訓練を受けたのは、僅か四カ月に過ぎない。戦友会を結成してから、やがて半世紀になる。会員の数も百人を割ったが、遺族を含め息の長い活動が続いていることは、たまたま一緒に海軍にいた——というだけでは説明できない。この点について萩原は、

「時間にすると、一緒にいた期間は確かに僅かですが、先にもお話したように私達は、特攻隊要員だったという共通の体験をしていること。さらに一魚会には会長がいませんし、堅苦しい会則もありません。会長なし、会則なしというのも長続きしている大きな要因だと思います。

海軍ではハンモック・ナンバーといって、教育期間中の成績がどこまでも付いて回ります。首席は先任といって同期のリーダーになります。現在、一魚会は牧野稔と、私が世話

役を勤めていますが、二人とも海軍での成績は決してトップクラスではなく、ほどほどでした。これもまた原因の一つでしょうね。半世紀たって今も変わらないのは、皆海軍が大好きだということでしょう。そしてもう一つ共通しているのは、全員が戦後も戦争を背負って生きているということです」

「戦後も戦争を背負って生きてきた」——萩原の言葉を証明するような三人を紹介しよう。

◎戦友の肖像画

近藤秀文（早稲田大・昭和四十九年没）は、散華した戦友の肖像画を描き続けた。萩原市郎によると、

「あれは三十六年頃だったと思います。突然、近藤から電話があり、戦死した仲間の肖像画を描き、ご遺族に贈りたいので写真を集めてほしい——との依頼がありました。確かネクタイの製造業をやっていると聞きましたが、経済的に楽でなかったはずです。急いで写真を集めました。

最初は回天で戦死した今西太一でした。ご遺族にお届けしたのは、昭和三十八年の夏だったと記憶しています。ちょうど祇園祭りの暑い日でした。二枚目は特殊潜航艇で訓練中に殉職した美田和三。そして回天の池淵信夫、沖縄で戦死した武下一の順で絵が完成しました。そのつど、私やクラスの何人かが同行して、ご遺族をお訪ねしたのです。近藤は戦死した戦友全員を描くと頑張っていたのですが、四人を描き上げたところで亡くなりました。酒が好きないい奴でした……」

未亡人の近藤富美江（埼玉県新座市在住）は、

「肖像画を描き始めた頃は、一間だけの間借り生活をしておりました。絵の具が乾かないうちに埃がついて困るとよくこぼしておりました。主人は油絵を専門的に学んでおりませんが、絵が大好きで戦死した戦友の肖像画を描き終えたら、次は風景画を描いてみたいと申しておりました。精魂を込めて絵筆を握り、制作に取り組んでおり、一枚の肖像画を描くのに、自分が納得いくまで、何度も何度も描き直しておりました。

四十八年に体調を崩し半年後に亡くなりましたが、志なかばで倒れ本人も残念だったと思います」

と話している。

◎八個の小石

震洋特別攻撃隊の部隊長だった有田牧夫（上智大・神職）は毎朝、八個の小石が並ぶ神棚に柏手をうち、深々と頭を下げてから家を出る。

八個の小石には、有田にとって忘れることの出来ない悲しい思いがある。

惨事は終戦四日後の八月十九日、鹿児島県川辺郡笠沙町片浦の震洋特別攻撃隊第百二十四部隊の基地で起こった。

同隊に終戦の電報が届いたのは十五日の深夜だった。同時に「敵艦隊が近づいたら出撃せよ」との命令があった。待機が続き、命令が解除されたのは十八日のことだった。

第百二十四部隊の部隊長だった有田中尉は、次のように回想する。

「出撃命令が解除になり、十九日は艇や爆薬を処理する作業を始めました。当日、各部隊長に集合がかかり、私は早朝から分遣隊へ出かけて留守でした。

忘れもしません午前十時頃でした。用務を終え対岸の分遣隊から舟で帰る途中、基地の方向で大きな爆発音が起こり、火柱が高く上がりました。フルスピードで帰り、基地で見たものは信じられないような光景でした。それからの自分の行動は全く覚えていません」

飛び散る肉片、うめく大勢の負傷者、木っ端微塵になった艇の破片――地元笠沙町の人達も駆けつけ、必死の負傷者救助作業が続いた。この事故で八人の隊員が犠牲になった。

この日、朝からかかっていた爆薬の信管はずしの作業中に、艇の舳先に搭載していた三百キロの爆薬が突然、爆発。さらに近くの二艇も誘発して大事故になった。

有田部隊はこの直後、解散した。有田中尉は残務整理を済ませ、事故現場に八本の墓標を建てた。そして八個の小石を拾ってポケットに入れ、八月三十一日復員した。

時は流れて昭和五十五年、かつての隊員から有田の元に一通の手紙が届いた。手紙には「慰霊のため笠沙町の基地跡を訪ねたが、事故で亡くなった戦友の墓標は朽ち果てていた」とあった。

「このままでは申し訳ない」と有田を中心に旧隊員による慰霊碑建立計画がたてられ、募金活動にかかった。隊員、遺族、そして一魚会、海軍特攻隊縁《ゆかり》の人達、それだけではない地元、笠沙町の町民からも多額の浄財が寄せられた。

慰霊碑の除幕式は五十六年八月十九日、三十六年前の事故が起きた同じ日、同時刻にしめやかに行われた。

「戦後三十六年もたってから、遅きに失した感がなきにしもあらずですが、隊員はもちろん、ご遺族、大勢の海軍の仲間、特に地元の方々の大きなご協力で私達は悲願を達成できました。私も元気な限り、慰霊碑を訪ね戦友の供養をするのが義務と考えています」

と有田は話している。

戦争を生き残り、復員を目前にしての事故で八人の部下を失ったことは、有田にとって悔やんでも悔やみ切れない心の傷痕となって今も疼き続けている。有田は復員した日から、神棚に供えた八個の小石（爆死した八柱）への鎮魂の祈りを欠かしたことはない。

◎淡々と迎えた死

平成九年二月上旬、一魚会の会員の元に訃報が届いた。差出人は前月二十七日に亡くなった後藤三夫（高千穂高商・元日本製紙連合会副理事長）本人からだった。

後藤中尉は、第百十一震洋特別攻撃隊の部隊長として奄美大島喜界島の基地で終戦を迎えた。すぐ近くの加計呂麻島の基地には、魚雷艇学生同期の島尾敏雄中尉がいた。「シマオ」「ゴッちゃん」と呼びあっていた二人の友情は戦後も続いた。

戦友たちに届いた「別れの挨拶状」は、亡くなる直前に書かれたものと思われるが、日付は入っていない。

死と対面し、特攻隊の隊長として出撃命令を待った戦争の日々。復員後は産業戦士として祖国復興に力を傾けた後藤は、その人柄から誰からも愛され、慕われていた。再発した癌にいさぎよく死を受容。淡々と戦友にお別れの言葉を書き遺した後藤は、すでに死を超越していたのではないだろうか。戦時中と同じように。

海軍同期の山田恭二は、

「亡くなる三日前に一魚会の新年会をやったのですが、律義な後藤は欠席を詫びる手紙を寄こしています。その時点で、私達への別れの文は書いていたはずです。人間、死に直面してこうも淡々と最後の言葉が書けるものだろうか。別れの言葉を読みながら、俗人の私には出来そうもないと感銘を受けました」

と言う。

ご遺族の許しをえて、別れの挨拶状を紹介する。

冠　省
さて、小生こと、平成六年晩秋、胃腸部の癌疾の大手術をしましたが、主治医の予告どおり三年目に入って、転移がはじまり再度入院しました。いよいよ往生の時を迎えることになったと思います。

これまでしたいことはし尽くしまして全く悔いはありませんし、いまや明るく爽やかささえ覚える心境です。

長いこと各位の一方ならぬ知遇に支えられながら、意義ある生涯をともに過ごさせていただいことは、あらためて厚くお礼申し上げます。

わがままな幕引きにいたしましたことを、重ねてどうぞお許しください。

先に往って物故した連中と歓談でもしていますから、どうぞゆっくり、のんびりお越し下さるようお願いします。

各位の余生の一層幸多からんことをお祈りしております。

重ねて生涯のお礼を申し上げます。有難うございました。

さようなら。

合　掌
後藤　三夫

各　位

お別れの挨拶状には房子夫人の、最後まで平常心で冷静だったこと、かねてから「忙しく騒がしい人生だったので、せめて静かな幕引きをしたい。公表は避け、葬儀は内々の密葬にとどめ、後日、私が書き置きしたお詫び状を届けてほしい」と厳命されていたので、故人の遺志を遵守した——とのお詫び状が添えられていた。

二、沖縄戦の終結
——名誉ある降伏式を演出した男たち——

太平洋戦争で唯一、日本本土での地上戦が繰り広げられた沖縄戦は、事実上最後の決戦であった。

アメリカ軍はこの戦いを氷山作戦（OPERATION ICEBERG）と名付け、太平洋軍の総力を沖縄戦にふり向けた。動員した兵力は五十四万八千人、千四百余隻の艦船と約千七百機の艦載機を投入した。一方、迎え撃つ日本軍は約十一万人、このうち三万人は少年兵や住民で組織された防衛隊員で、兵力はもちろん兵器や物資の面でも劣勢だった。

アメリカ軍は当初、氷山作戦は三十日で終了すると計算していたが、日本軍の執拗な抵抗もあって、昭和二十年三月に開始された沖縄攻防戦は九十日間にわたって死闘が繰り返され、アメリカが作戦の終結宣言をしたのは六月二十二日だった。

日本が無条件降伏した八月十五日以降も、沖縄では山中などで持久戦を続けていた兵が約三千人いたというが、そんな兵士の中で米軍と渡り合い、いくつかの条件を相手に示して、堂々と降伏式を演出した痛快な男たちがいる。

中原正雄中尉、小渓宣正中尉らを中心とした魚雷艇隊の艇隊長達で、いずれも第一期魚雷艇学生である。純粋培養された海兵出身の士官と違い、軍隊の俗語でいう「娑婆（一般社会）の垢」をたっぷり身につけた予備学生出身の士官達は、アメリカ軍との降伏についての事前交渉でも、軍使として遺憾なくその実力を発揮した。その模様は「名誉ある降伏式」のタイトルでアメリカ軍が撮影、沖縄戦の記録として残っている。

軍使として降伏式の事前交渉をした一人、中原正雄の兵歴をたどってみよう。

彼は海軍第三期兵科予備学生を志願、第一期魚雷艇学生として特攻訓練を受けた。勇敢な士官でもあったが、常に覚めた目で戦争を見つめているようなところがあった。

国力の差は歴然としている。勝ち目の薄い戦争だった。知識層の多くがそう感じ取っていたが、口にすることははばかる時代だった。勢いのついた濁流の中で、一人だけが流れに逆らったり、拒むことは許されない時代でもあった。その一方では、祖国を思う気持ちも強い。当時の学生たちは、こういった二律背反的な考えが微妙に交錯する中で悩んでいたのだ。

学生たちの間では、陸軍に対する拒絶反応が広がっていた。作家の阿川弘之（二期予備学生）も、その著書『私の海軍時代』の中で、次のように述べている。

「戦時中、大学生の多くが競って海軍を志願したのは、一種の国内亡命だったという説がある。陸軍の泥くささ、知性の欠如、粗暴と大言壮語、政治的横車には、二・二六事件のころから、みんな大概あいそをつかしていた。英語廃止などといい出す陸軍主導型の隣組社会に対しても同様、いい加減うんざりしていた」

中原は悩んだあげく、海軍に志願するか、徴兵を待って陸軍に行くか——僅かに残された選択肢の中から海軍兵科予備学生への志願を選んだ。

「海軍を志願したのは当時、私たち学生は陸軍の陰湿なしごきをよく知っており、陰では〝陸さん〟と呼んで蔑視する風潮がありました。私もどうせ軍隊に引っぱられるのなら、杓子定規の陸さんより、物分かりのよい海軍の方がいいだろうと志願したのです」

と、その動機を話している。

魚雷艇学生の同期だった山田恭二は、

「水雷学校時代、佐藤章（九大・ウルシー海域で戦死）と中原、それに私の三人はハンモックが並んでいました。床に入ってからのひそひそ話で、中原は『こんな戦争、勝てるはずがない』と平気で喋《しゃべ》るんです。一方、軍人になり切ろうとするがちがちの佐藤は、かんかんになって『そんな馬鹿な』と怒り出すんです。仲裁役の私はいつも立ち往生していました。中原には時代の先を読む目があったのですね」

と、回想する。

クールな目で戦争を見つめていたという中原らしいエピソードがある。

中原の長兄茂敏は、陸軍幼年学校から陸軍士官学校（三十九期）を卒業。さらに東京大工学部卒業という経歴を持ち、東条英機首相（陸軍大将）の副官を勤めたこともある『陸軍のエリート将校』だった。余談になるが茂敏は戦後、太平洋戦争を数字で分析した『国力なき戦争指導』（原書房刊）を出版した学究肌の軍人だった。

さて茂敏が首相副官時代のこと、水雷学校で厳しい訓練を受けていた中原少尉（当時）は、休日に兄を訪ねたことがある。

兄を待つ間、陸軍参謀たちと雑談をしていた少尉は、

「この戦争は本当に勝つ見込みがあるのですか？」

と、つい口を滑らせてしまった。

参謀たちの表情が急に厳しくなったのを見た中原少尉は、失言に気付いて、はっとしたが、そこは首相副官の弟ということで、不穏な発言に対する追及はなく気まずい空気が流れる中、会話が途切れただけで終わった。

しかし、ことはそれだけですまなかった。帰隊した中原少尉は、待ち受けていた教官の末次信義少佐（海兵五十八期・水雷参謀として戦艦大和で沖縄に出撃途中戦死）に呼び出された。

「私が帰隊するまでに、陸軍から連絡が来ていたんですね。末次少佐は『お前、陸軍でいったい何を喋ったんだ』と渋い表情なんです。事の重大さに気づいた私は、冷や汗を流しながら、ひたすら何も喋っていません――を繰り返しました。少佐はぽつんと一言『今後、余計なことは喋るな、バーカー』と言われただけで、それ以上のおとがめはありませんでした。

末次少佐は予備学生を非常に理解して下さった方です。口はとても悪いが、温かい方でした。バーカーは少佐の口癖なんです。私は、ほっとしながら、末次少佐の懐の深さを再認識しましたねえ。と同時に海軍はいいところだとしみじみ思ったものです」

中原中尉らの出撃は、昭和十九年八月だった。

南方方面の戦いで劣勢を挽回したアメリカ軍は、ついに日本軍を追い詰め、沖縄に迫っていた。

これを迎え撃つため大本営は、沖縄作戦計画を立てその大綱で「奇襲、特攻ヲ作戦上ノ要素トシテ対処ス」としていた。海軍部ではさらに「特攻戦法ヲ重視スル」と明示している。

その第一陣に選ばれたのが第二十七魚雷艇隊で、司令は白石信治大尉（海兵七十期）だった。白石大尉は部隊編成にあたって、川棚の臨時魚雷艇訓練所で教官として指導した第一期魚雷艇学生の中から中原正雄少尉、近藤重和少尉（明治大・森と湖の里研修所長）、武下一少尉（九大・沖縄で戦死）を艇隊長として指名した。五カ月後、さらに同期の小溪宣正中尉も配置されている。

八月十四日、魚雷艇の爆音に混じって「もやい離せ」「錨を上げ！」「両舷前進微速」「ようそろー」ときびきびした青年士官たちの号令が飛び交う中、第二十七魚雷艇隊は勇壮な軍艦マーチと〝帽振れ〟に見送られて佐世保港を出港した。そこには戦艦や、航空母艦といった巨艦の姿はなかった。

だが、縦に列を組み爆音を残して出港する十三隻の魚雷艇の乗組員たちの意気は盛んだった。魚雷艇にとって沖縄までの航海は初の自力航行でもあった。長い歴史を誇る軍港・佐世保にとっては第二十七魚雷艇隊出撃が、日本海軍最後の華やかなものであったと伝えられている。

同隊は途中、牛深、山川、名瀬、古仁屋に寄港。同月二十六日午後、沖縄本部半島北部の運天港に到着した。

沖縄の海は、コバルトブルーで透き通るように澄んでいた。運天港は、深く入り込んだ入江にあり、水道の前は屋我地島、港の一方は高い絶壁になっていて、自然条件に恵まれた申し分のない要塞だった。しかし港湾施設は何も整っていなかった。隊員は近くの民家に分宿して基地造りを始めた。

特攻戦の準備は急ピッチで進んでいた。アクシデントは突然やってきた。十九年十月十日のこと、今も沖縄では「十・十（じゅう・じゅう）空襲」と語り継がれている米軍機動部隊の沖縄大空襲だった。

空襲は執拗に繰り返された。飛行場、港湾施設、そして那覇市内も、吹きすさぶ鉄の嵐に完膚なきまでに破壊された。第二十七魚雷艇隊の基地、運天港も例外ではなかった。敵機は最初、港内の船舶を狙っていたが、偽装網をかぶせて係留していた魚雷艇を見つけ出し再三攻撃をかけてきた。その結果、十三隻のうち三隻を残して失うという大きな打撃を受けてしまった。

その後、魚雷艇を補充した同隊は、水道沿いの絶壁の裾をえぐるようにして掘り、簡易ドックを造成して全艇を格納した。

明けて二十年三月、敵機の来襲が一段と激しくなり、魚雷艇にも被害が出た。この直後第二十七魚雷艇隊に出撃命令が下った。二十七日の深夜、水盃を交わして十隻の魚雷艇が基地を出港した。この夜は雨で暗い夜だった。エンジン音を消すため船底排気で静かに航行、名護湾に進んだ。雨が小止みになり一瞬、雲の切れ目から満月がのぞいた。それまで暗闇に隠れていた沖合の獲物を、月の光が鮮やかに照らし出したのだ。

隊列を整えた魚雷艇隊は敵艦隊の懐へ突入、魚雷戦を開始した。狼狽した敵艦は特攻機の攻撃と勘違い、対空砲火を始めるという混乱ぶりだった。一方的な攻撃で、奇襲は見事に成功した。この攻撃で戦艦または巡洋艦二～三隻を撃沈する戦果を上げ、しかも全艇無傷で基地に帰還した。

翌二十八日から二日連続して夜間出撃したが、警戒体制を整えた敵艦隊は日没と同時に遠く沖合に退避したこともあって、二日目に大型駆逐艦一隻を撃沈したにとどまった。まずいことに帰投を敵の偵察機につけられて基地を発見され、徹底的な空爆を受け、今度は全魚雷艇を失ってしまった。

海上の戦いはここまでだった。

沖縄戦での海軍の兵力は約九千人。軍艦や飛行機を持たない名ばかりの海軍だった。その編成は、砲台関係約三千四百人、そして陸戦隊として飛行機を持たない航空隊の二千六百人、設営隊千七百人などで、わずかに水上、水中隊としては中原中尉が所属する第二十七魚雷艇隊と、第三十三蛟竜隊（特殊潜航艇）、そして第二十二、四十二震洋隊が配置されていた。

中でも魚雷艇隊の存在は注目を集めていたが、その魚雷艇も失ってしまったのだ。

米軍が南部読谷に上陸を開始した四月一日、第二十七魚雷艇隊は基地を撤収して陸軍部隊の指揮下に入った。武器といえば魚雷艇に搭載していた二十五ミリと、十七ミリの機銃だけ。陸戦に移った中原中尉らは米軍に包囲されて交戦、撃退したこともあったが、六月以降は羽地呉我の山中に潜伏して持久戦に入った。

「私たちが潜んだのは標高二百メートルほどの山の中でした。米軍の基地からは歩いて三十分ほどの場所です。すでに弾薬は使い果たし、残っているのは自決用の手留弾だけでした。もちろん食糧もありません。夜中に米軍の目を盗んで民間人が密かに食糧を運んでくれました。米、野菜、缶詰め、山羊や豚を貰《もら》ったこともあります。私たちが飢えに苦しみながらも栄養失調にならずにすんだのは、地区の人たちのお陰で、忘れることができません。

米軍は我々が潜んでいることを知っていたようです。敵の斥候は毎日、定期的にやって来ました。自分たちが来たことを予告するかのように小銃を空に向けて派手に撃ち鳴らしながらやって来るのです。日本軍が攻撃を仕掛けないので、そのまま引き揚げる。それが日課だったのでしょうか、とにかく毎日決まった時間に偵察にやって来ていました。日没まで。

私たちといえば日の出とともに山の中に散らばり、茂みとか凹みに身を隠すんです。一か所に集まっていると敵の攻撃を受けたとき被害が大きくなるというので、間隔をあけて散らばっていたんです。ええ、とにかくじっと潜んでいるだけの一日なんです。中にはどこで手に入れたのか、万葉集を読みふけっている奴もいました。退屈して近くの飛行場から日本の本土空襲に飛び立つB29の数を数えている者もいました。単調な生活でしたが、武器も弾薬もない、そして食糧もない私たちとっては、それしか方法がなかったのです」

八月十五日、日本はポツダム宣言を受け入れ無条件降伏した。だが山中で孤立していた中原中尉らには、終戦は伝わらなかった。相変わらず朝を迎えると散会して木陰に潜み、夜になるとまた全員が集まってくる――そんな無意味な日課が繰り返されていた。

それは八月二十三日のことだった。山の麓にやって来たジープの拡声器を通し日本語が流れてきた。投降の呼びかけだった。

「自分は陸軍の竹中中尉である。米軍の使いとしてやって来た。日本軍は無条件降伏をした。山から下りてきて降伏するように」

中原中尉らの魚雷艇隊は、陸軍の指揮下に入っており、中野学校出身という竹中中尉とは顔見知りで、声にも聞き覚えがあった。

早速、白石司令を中心に士官が集まって協議をした。そう言えば毎日、本土空襲に沖縄を飛び立っていたB29もここ数日は飛んでいない。

「降伏は間違いない。この辺で我々も戦争を終結すべきだ」

ということで全員の意見は一致した。

しかし、降伏のため両手を挙げて出ていくのではなく、まず軍使を出して事実を確認してみようということになった。

軍使には住田光男主計大尉と中原中尉が選ばれた。二人は棒切れの先に白い布をつけ、山を下っていった。途中、話し声が聞こえるので近付いて行くと、捕虜になっていた陸軍の竹中中尉と出合った。竹中中尉は、すでに同盟国のドイツも敗れ、日本も八月十五日に無条件降伏したことを伝え、「あなた方も無益な抵抗を止めて降伏するよう」説得、この地区を占領しているのは米海兵隊なので降伏について交渉するよう勧めた。

竹中中尉の説得に従い、米軍との交渉は二日後の八月二十七日、我部祖河難民キャンプの米軍任命村長、比嘉善雄の自宅で行うことになった。

交渉には第二十七魚雷艇隊から住田主計大尉、中原中尉、小渓中尉の三士官が出席、米軍北部海兵団の将校と比嘉村長の通訳で行われた。

「相手がアメリカ軍ということで、英語のできる中原のほか、通訳として村長にも同席してもらったのですが、こちらの心配は無意味でした。敵の将校はいきなり流暢な日本語で話しかけてきたのです。何でもその将校は、戦前に東京や神戸に駐在したことがあるとかで、通訳の出る幕がないほど、日本語はぺらぺらなんです。

敵側の将校の中に予備学生がいて、交渉のあとの雑談で日米両国の予備学生制度について話し合ったのですが、敵さんは日本の予備学生の進級のスピードに驚いていましたねえ。そうそう、交渉の途中で食事が出たのですが、食卓に沖縄アユの料理がのっていたのです。あっ、沖縄にもアユがいるんだなと、妙なところで感心したことを今も覚えています」

と、小渓は振り返る。

中原も次のように回想する。

「確かに戦争には負けましたが、私たちにはまだ軍人としての誇りがありました。交渉ではまず『私はプロの軍人ではない。大学で法律を学んでいた学生だ。国際法に則《のっと》って、まず停戦命令を出し降伏したい』と伝えました。幸い米軍側の将校の中にも大学で法律を勉強していたという予備学生がいて、私たちの気持ちを理解してくれたのです」

中原の回想から、交渉の模様を再現してみよう。

――ご承知のように日本の軍隊には降伏はない。仮にここにいる私たちが承知しても兵たちは納得しないだろう。私たちはこれから兵隊を説得するが、私たちの体面が保てるようにしてくれないだろうか。

米軍「出来るだけの協力はする。具体的にどうすればよいのだ」

――名誉を重んじてほしい。私たちは武士道にのっとって名誉ある降伏をしたいのだ。そのため我が隊の司令は最後まで帯刀することを認めてほしい。降伏式では、まず兵隊が武装解除したあと、最後に司令が軍刀を米軍に手渡す。そして私たちは天皇陛下の名のもとに降伏したい。

米軍「了解した。食糧はあるのか」

——全くない。

米軍「ＯＫ。食糧は我々が用意しよう」

——ほかにも希望がある。山の中や谷に散らばっている戦友を集めるため、一週間の猶予と通行証を出してほしい。また、ご覧の通り長い戦いで私たちの軍服はぼろぼろになっている。降伏式に臨む私たちに軍服を貸与してほしい。

米軍「了解した」

日本側の要求は、意外に思うほどあっさりと受け入れられた。

「食糧も少々サバを読んで三百人分を要求したのですが、あっさり飲んでくれましてね、三百人一週間分の食糧が届きました。武器弾薬だけではなく、アメリカとの物量の差を思い知らされましたね」

と、中原。

「飢えに苦しんでいたところへ突然、アメリカ軍から大量の食糧が届いたことで、胃袋もきっとびっくりしたのでしょうね。腹をこわす者が続出しましてね」

と、小渓も当時を振り返って苦笑する。

第二十七魚雷艇隊の降伏式は快晴の九月三日、米第六師団を相手に行われた。立て籠《こも》っていた羽地の近くの山中から下ってきた二百三十一人の隊員は、整然と広場で武装解除した。それから約二キロの道を歩き、旧製糖工場跡の広場で降伏式が始まった。アメリカ兵が銃を構えて取り囲む中、隊員は白石司令を先頭に整然と並ぶ。そして、司令が米軍司令官に軍刀を差し出して投降、儀式を終えた。式に要した時間はほんの数分だった。約束は全て守られ、「名誉ある捕虜」となった隊員は、トラックで運ばれて行った。

激戦地となった沖縄での最後の降伏隊だった。日本がミズーリ号の艦上で、無条件降伏の調印をした翌日の出来事であった。

降伏式の模様は、米軍が記録に残すため詳細に撮影、またライフ誌が写真入りの紙面で、「日本軍の第二十七魚雷艇隊は、沖縄戦で正式に軍使を出し堂々と降伏式を行った唯一の海軍部隊だった。同隊は最後まで軍規は厳正に守られ、あくまでも立派に行動した」と詳しく伝えた。また終戦直後にアメリカで出版された『ロバート・シャーロット写真集』の下巻に「日本海軍白石部隊降伏式」のタイトルで紹介されている。

三、友よ、一緒に帰ろう

――単独で遺骨収集をした佐藤和尚――

第一期魚雷艇学生で、父島方面特別根拠地隊第二震洋艇部隊第二艇隊長、佐藤摂善中尉（東洋大・常教寺前住職、平成十二年没）の終戦は、昭和四十五年だった。

佐藤中尉はちょっと変わった兵歴の持ち主だった。昭和十七年十月、東洋大学を繰り上げ卒業、陸軍の近衛聯隊に入隊した。だが入隊直後、病気で倒れ自宅療養を命じられた。翌十八年春、病気は回復したが、所属していた部隊は南方方面に出動したあとだった。単独で所属部隊を追いかけるより、志願して部隊を変更し、新兵として出直しては――との上部の勧めもあって迷っていた。たまたま、海軍の予備学生募集を知り志願、第十三期飛行予備学生に採用され、さらに第三期兵科予備学生に移籍された。つまり、短期間に陸軍と海軍に籍を置くという珍しい体験をしている。

海軍入隊後、痛快なエピソードをいくつも残している。

武山海兵団で兵科予備学生としての基礎訓練を終えた佐藤少尉（当時）は、術科学校の選定で「希望の進路を紙に書いて出すよう」と言われたとき、書くだけでなく所属の分隊監事に直接、

「私は陸軍を経て第三期兵科予備学生になりました。海軍に入ったからには、何としても船に乗せてください。理科、語学、音感には全く自信がありません。基礎訓練中の術科学校見学で、魚雷艇が印象に残りました。ぜひ水雷学校に入れてください」

と申し出た。この強引な直接請願が効を奏したのか、水雷学校に回されたといういきさつがある。

佐藤中尉は終戦を境に、戦う相手を連合軍から日本の厚生省と東京都庁に変え、孤独な戦いに挑んだ。これは戦後の二十五年間を亡くなった戦友の遺骨収集のために、単独で戦い続けた豪傑和尚の物語である。

昭和十九年七月、第一期魚雷艇学生の中から選抜された三十人の第一次震洋講習員として訓練を受けた佐藤少尉（当時）が、父島基地に配置されたのは同年九月十三日のことだった。余談になるが、第一次講習員の中には後に野間文芸賞、川端康成賞などを受賞した作家の島尾敏雄もいた。

出撃を前に佐藤少尉ら魚雷艇学生の育ての親、海軍特攻部長・大森仙太郎中将（前水雷学校校長）から、

「このままでは戦争は必ず負ける。だが負けるわけにはいかん。祖国の存続を願って、打てる手は打たなければならない。変な舟だが何とかお前たちの手で物にしてほしい。この場で働けるのは魚雷艇学生しかいない。頼む、死んでくれ」

と激励され勇躍、父島へと出発した。

大森中将が「変な舟」と表現した震洋艇は、戦争の末期に登場したベニヤ板製のボートにト

ラックのエンジンを載せた水上特攻兵器である。㊃（マルヨン）と呼ばれた震洋艇は、全長五メートル、幅一・六五メートル、六十五馬力のエンジンを搭載、速力は二十三ノット。艇首に三百キロの爆薬を積んで敵艦に体当たり攻撃をする特攻兵器である。終戦時には北は小笠原諸島から、南は台湾、マニラ方面まで約三千七百隻が配置されていた。

さて、伊豆諸島南々東の太平洋上につらなる小笠原諸島は、大小三十数個の島からなる火山列島である。その中で最も大きな島が面積二十五平方キロメートルの父島。亜熱帯気候で島民は漁業を中心に砂糖キビ、パパイアの栽培に携わっていた。戦争勃発後、軍事基地として人口は急激に増えていた。

豪傑肌の佐藤少尉の人柄を物語る痛快なエピソードを紹介しよう。

父島に上陸した佐藤少尉を待ち受けていたのは、戦闘意欲を削ぐようなことばかりだった。出発前の説明では、父島の基地はすでに出来上がり、受け入れ準備はすっかり整っているはずだった。しかしこれは全くのでたらめで、上陸してみると基地を設営する場所すら決まっていない。

それだけではなかった。空路で先行したはずの第一震洋隊隊長、O大尉の姿は父島になかった。

先着隊はすでに基地を指定され、設営隊が基地設営にかかっていたが、佐藤少尉の所属する隊に対しては具体的な指示は一切なく、野宿生活が続いた。早く基地を決めてほしいという再三の要請に対して司令部の先任参謀、K中佐は、

「貴様ら予備学生を、特攻隊の指揮官とは認めることはできない。貴様のような二束三文の奴

らに特攻ができるか。貴様の顔なんぞは見たくもない。文句があるなら横須賀まで泳いで帰って言え」

と、暴言をはく始末。

激怒した佐藤少尉は、横須賀への直訴を決意した。

厳しい縦割り組織の軍隊では、上部への直接談判は短絡といって最も嫌がられる行為である。しかも戦列を離れて密航しようというのだ。「泳いで行かなくても飛行機がある」――佐藤少尉は厳しい軍規を犯す大胆不敵な行為を堂々とやってのけた。

同年九月末、九六陸攻機に潜り込んだ佐藤少尉は密航に成功した。水雷学校の教頭、有賀幸作大佐を訪ねて父島の現状を直訴した。そして独断で軍規に反し密航して帰隊したことを正直に申告した。

驚いた大佐は、海軍省の大森中将に実情を報告するよう依頼した。報告を受けた大森中将は、即座に佐藤少尉を軍務局長の部屋に連れて行った。

「受け入れ体制が整っていると聞いていたが、未だに基地設営の場所すら決まっていない。先任参謀は、予備学生を無視、指示を求めても相手にしてくれない。現地で待っているはずのO大尉の姿はなく行方不明になっている」――と父島の現状を説明。このような状態なので、予定されている本隊の出撃は見合わすべきだと進言した。そして同時に自分の行動は独断の密航であることを申告した。

軍務局長の対応は早かった。その場で父島の特攻派遣予定地指揮官宛に「全面的に協力するよう」との電報を打った。行方が分からなかったO大尉も、館山の料亭で見つかった。佐藤少尉の密航、短絡について軍務局長は、

「貴様、覚悟あっての行動だろうな」

と釘を刺すことを忘れなかったが、それ以上のおとがめはなかった。（この年の十二月には中尉に昇進している）

佐藤少尉は父島へと引き返したが、これで全てが納まったわけではなかった。

基地設営では他の隊のように設営隊の支援は一切なし。それだけではない、島ですでに基地を設営していた陸軍第百九師団の中に割り込む形になったため、共同で使うはずだった井戸の使用禁止など、陸・海軍両司令部の陰湿な嫌がらせが続いた。

特攻隊とは名ばかり、隊員たちは土木作業員さながら手作業で岩を削り、発破をかけ震洋艇を格納する洞窟（横穴）を掘り続けた。昼夜兼行の突貫工事で、やっと基地は設営された。

悲劇は基地完成直後の十二月十五日に起きた。

工事に従事した隊員の慰労と予備基地の調査を兼ねて佐藤中尉らは二隻の大発に分乗、弟島（無人島）へと出かけた。

その帰路、一隻が磁気機雷に触れ爆沈した。搭乗していた佐藤中尉の同期、久藤祐平中尉（明治大・戦死後大尉に昇進）ら四人が犠牲になった。

佐藤中尉は四人の遺体を収容、基地の居住洞窟の近くに手厚く葬った。久藤中尉とは武山海兵団に入隊以来、第一期魚雷艇学生、第一次震洋講習員、そして父島への出撃と、行動を共にしてきた仲だけに、悲しみは大きかった。

硫黄島が陥ち、父島の緊張感も高まっていった。そんな中、再び悲劇は起こった。二十年六月十五日、突然来襲したＢ29の焼夷弾攻撃で火薬庫が爆発して六人が戦死、数十人の負傷者が出た。

それから二カ月後、日本は無条件降伏した。

終戦の混乱が続く中、父島方面特別根拠地隊司令官・森国造中将から佐藤中尉と、第一期魚雷艇学生の同期で第一震洋艇部隊第三艇隊長の金城常正中尉（沖縄師範・昭和五十七年病没）の二人に、

「無教育兵に、教育をしてやってくれないか」

との相談が持ちかけられた。二人は中将の要請を二つ返事で引き受けた。早速、臨時父島小学校が開設され、授業が始まった。

クラスは低学年、高学年のわずか二学級。国語は手紙の書き方。算数は加減乗除と分数で、英語はＡＢＣ、そして実務教育として請求書や領収書の書き方を教えた。

やがて復員が始まり、臨時小学校はわずか二カ月で閉鎖されたが、佐藤中尉は、

「短期間だったが充実した毎日でした。特に師範学校出身の金城は、水を得た魚のように、生き生きとして部下たちに教育をしていました」

と回想する。

復員兵として久里浜に上陸したのは、終戦の年の十二月五日のことだった。

祖国に無事帰ってきた佐藤中尉だが、心に大きなしこりが残っていた。それは父島に眠る戦死した十人の戦友のことだった。

「十人の遺骨を遺族の手に渡すまでは、俺の戦争は終わらない」

そう決心すると、休む間もなく行動を開始した。

養家の東京・三田の常教寺の住職になった佐藤和尚が真っ先に手がけたのは、戦死した十人の戦友の遺族捜しだった。

厚生省援護局に何度も足を運び、三年がかりで七人の遺族の居所を捜し当てた。これらの遺族には戦死した時の状況や埋葬場所などを手紙に書いて送り、さらに直接、遺族を訪ねて詳しい報告をした。

触雷で四人が戦死した十二月十五日、敵機の爆撃で六人が犠牲になった六月十五日の命日には、常教寺で法要を営むと同時に、遺族に線香を送って戦友の霊を慰めた。

日本にはやっと平和が甦ったが、「戦友の遺骨を故郷に連れて帰るまで、戦いは終わらない」という佐藤和尚の決意は、ますます強くなるばかりだった。

戦後、国連信託統治領としてアメリカ軍政下にあった小笠原諸島が日本に返還されたのは昭和四十三年のことである。

父島返還を待ち焦がれていた和尚は、早速、厚生省に手紙を出した。

「父島には戦死した十人の戦友が眠っています。土地が荒らされないうちに何とか遺骨を持って帰り遺族にお届けしたいので、渡航の便宜を図ってください」

半年待ったがなしのつぶてだった。和尚は諦《あきら》めず二年間にわたって同じ手紙を出し続けた。

「なぜ答えてくれないのだ」という抗議の手紙も無視されたことで、しびれを切らした和尚は、直接厚生省に乗り込んだ。

「だめなら、だめでいい。なぜ返事をくれないのだ！」

――和尚の激しい剣幕に押され、改めて事情聴取をした係官は、

「よく調査して後日連絡します」

と答えたが、和尚は納得しなかった。

「私は二年間、厚生省の返事を待ち続けた。なのに後日回答するでは引き下がれない。きちんと期限を切ってほしい」

と食いさがり、それでは一週間後に——という答えを引き出した。

約束通り回答は届いた。手紙を読んだ和尚は失望した。

「調査の結果、父島の海軍関係の遺骨は全て収集、内地に返還されております。したがって貴殿の申し出は受け付けることはできません」

という内容だった。

当時の苦闘の模様を、和尚は次のように回想する。

「回答を読んですぐ、戦友の遺族に問い合わせました。ところが遺骨はどこにも届いていない。厚生省に駆けつけてこの事実を告げました。係官の返事は『父島の司令部の話では、遺骨は全部持ち帰ったということです』でした。父島司令部と私達が所属していた父島派遣隊は別の存在で、戦死者は別々に埋葬しており、派遣隊関係の遺骨はまだ遺族の元に返っていない。と執拗に抗議したのですが、係官は『しかし司令部がそういう以上、私どもとしてはどうすることもできない』の一点張りでした。念のためもう一度、遺族に問い直したり、仲間にも問い合わせてみたのですが、やはり遺骨は帰っていません。再三厚生省に足を運び、押し問答を繰り返しました。あげくの果て返ってきた返事は、遺骨収集の事務は、厚生省から東京都庁へ移管されているので、都庁へ行けと言うではありませんか。怒りにふるえながら、その足で都庁を訪れましたが、結果は同じでここでも無駄な問答の繰り返しでした。父島が返還されて、すでに二年半の歳月が流れていました。

何とか父島に渡りたい、悶々の思いで毎日を過ごしておりました。確か昭和四十五年のことだったと記憶しています。当時、父島へは役所の船が月に何度か往復していましたが、もちろん民間人は乗せてくれません。民間の船が戦後初めて父島へ渡ったのは釣りツアーでした。チャーターした船で釣り人を運ぶという釣りと観光のツアーでした。新聞広告でこれを知った私は、小躍りして参加申込みをしました。ええ、やっと島に残した戦友を連れて帰れる。そう考えると嬉しかったですねえ。その直後のことです、実家の寺の住職をしていた父が亡くなったのは。葬儀、後片付けに追われているうちに今度は私が心臓をやられて、入院してしまったのです。退院したのは釣りツアーの船が出航する一週間前でした。

念のため都庁の援護課に行き、遺骨発掘の許可を求めたのですが、だめでした。すったもんだのすえ、目的を墓地確認のための調査旅行という名目にする。例え遺骨が見つかっても持ち帰らない——という条件づきでOKになりました。

三月三十日、まだ体はふらふらしていましたが、とにかく乗船、東京港を出帆しました。釣り具を持った大勢の乗船客の中でただ一人、私だけがスコップに鎌、ノコギリ、縄といった異様な山行きの装束でした」

こうして佐藤和尚は昭和四十五年四月一日、約二十五年ぶりに父島に渡った。

出発前に和尚は、第一期魚雷艇学生の同期で戦後、海上自衛隊に席をおいた山地赳嗣・二佐（拓殖大）に連絡していたこともあり、山地二佐の配慮で到着すると、現地の海上自衛隊父島分遣隊の副長・I三佐が出迎えてくれ、「私達で協力できることがあれば」とジープを提供してくれたうえ、隊員二人をつけてくれた。

再び和尚の回想。

「基地のあった宮の浜に到着したときは感無量でした。しかし島の全容は記憶にあるとおりでしたが、基地のあたりは二十余年の時の流れで地形がすっかり変わってしまっているんです。私達が居住区にしていた洞窟や、戦友を埋葬したと思うあたりは、崖崩れやギンネムの木が生い茂ってまるで密林です。確かこのあたりと、昔の記憶を辿りながら、藪に潜ったり、樹林の中をツタに足を取られながら半日もさまよいました。

一人でじっくり思い出してみたいからと、二人の自衛隊員には一度引き上げてもらい、私はかつての隊内広場だった思われる場所に座り込みました。タバコに火を付けもう一度、周囲の山や谷の位置を確認、必死に記憶を辿っていったのです。小一時間もたっていたでしょうか、山の位置などからやっと士官室や搭乗員室のあった洞窟の見当がついたのです。地崩れで地形は変わっていましたが、落葉や倒木を取り除いてたどり着き、棒でつついてみると、簡単に穴があくではありませんか。士官室、続いて搭乗員室の場所がいもづる式に見つかりました。すでに日は暮れかかっていました。二人の隊員が迎えにきてくれたところで、この日の作業を打ちきって二見湾に停泊している船に引き返しました。

二日目も自衛隊のI三佐らの協力を得て、墓地捜しを続けました。洞窟の奥には出口があり、その近くに墓地があるのです。そこで裏側に回ってみたのですが、付近は土地が陥没していて出口は見つかりません。外からではだめ、洞窟の中に入って調べてみようと、再び表に回って人一人が入れるほどに穴を広げて中に入りました。懐中電灯で照らしてみると、裏口は崩れてしまっていました。途方にくれましたよ。何気なく懐中電灯を消してみたんです。その時でした。じっと目をこらすと暗闇の中からわずかな光が差し込んでくるではありませんか。漏れてくる光を頼りに掘ってみると、簡単に裏に出ることができました。そこから歩数を計りながら墓地とおぼしきあたりを掘ってみました。まず出てきたのが丸い小石と珊瑚のかけらでした。これは私達が焼香代わりに、海辺から拾って来て墓の周囲に並べたものに違いありません。しかし墓地の周辺は一部崩れ落ち、しかも大きな亀裂がいくつも走っていました。このまま放置すれば、次の台風で遺骨は消えてしまうのでないかという状態でした。午後からの雨が次第に激しくなり、私は再三作業中止を言ったのですが、同行した三人の自衛隊員はずぶぬれになりながら作業を続けてくれました。

最終日は激しい雨、通船への移乗も困難なほど海も荒れていました。発掘現場に行った私達は、作業を断念。墓地の見取り図を作った後、試掘した穴の中でロウソクを灯し、香をたいて読経。経典、数珠などを埋めて、近日中に迎えにくることを英霊に約束したのです」

東京に帰った佐藤和尚は、都庁を訪ねて墓地を確認したことを報告。地形から考えて墓地が崩れてしまう不安があるので一刻も早く発掘したいとの請願書を提出した。

都庁の回答は冷たく、法の規定で個人に対して遺骨の発掘は許可できないという。

和尚は屈しなかった。再三交渉を重ね、やっと、

「都は今秋に、父島遺骨発掘隊を組織して発掘する計画を立てているが、現場の状況も考え、五月末に事前調査の名目で係員を派遣するので、都の臨時雇いの案内役として佐藤さんの同行を認める。父島での滞在は一週間、この間に遺骨の発掘を済ますように」

との答えを引きずり出した。

出発までの時間はあまりない。和尚は寺の用務を大急ぎで片付け、留守中の檀家の法事などは、事情を話して延期してもらうことにして出発に備えた。

だが、ことはすんなりと運ばなかった。出発二日前になって都庁援護課の課長、係長が突然、寺にやって来て、

父島で戦友の遺骨を収集する佐藤和尚

「父島での滞在日数を二日間に短縮してほしい」

と告げた。

予定では、父島行きは東海汽船の「藤丸」で、帰路は海上自衛隊の駆逐艦に便乗することになっていた。しかし出発前になって援護課長は急に、往路は予定通り、帰路は駆逐艦が満員になったので、父島到着二日後に内地に向かう巡視艇の便があるので、それで帰ってほしい――と言い出した。

和尚は納得がいかなかった。激しく抗議したが援護課長は、

「これは海上自衛隊からの指示で、私達に詳しい事情は分からない」

の一点張りだった。

激怒した和尚は、

「何度も話しているように、現地は地形が変わるほ

ど荒れており、二日間では全員の遺骨を発掘することはとてもできない。あなた方の話はどう考えても私に対する嫌がらせとしか思えないので、これまで都庁に出した請願書は、全てキャンセルします。この時点でお役所との交渉は一切中止しましょう。私は島に残している戦友たちを内地に連れて帰る義務があるので、こうなった以上、遠洋漁業をやっている昔の海軍の仲間に頼んで、単独で島に渡ることにします」

と告げた。

「そんなことをされると、刑事問題になりますよ」

と援護課長。

「望むところです。検挙していただいて結構です。戦友の遺骨を連れて帰った後ならいつでも応じましょう。裁判になれば、国難に殉じた英霊に対する、お役所の冷たい仕打ちが公になるので、その方がいい」

と和尚も譲らない。

話は物別れになって、都庁の二人はすごすご帰っていった。

その日の深夜、援護課長から電話があった。

「昼間の話はなかったことにしてください。最初の予定通り明後日出発して、父島では一週間滞在してもらいます」

「その時、私は第一期魚雷艇学生同期で、遠洋漁業をやっている門馬重義（拓殖大）に頼むことを考えていました。彼ならきっと引き受けてくれるという確信があったので。都庁からの電話には、午後五時には終わるはずのお役所が、ご自分の不始末を処理するためならこんな時間までおられるのですか――と、ちょっぴり皮肉を言ってやりましたが、とにかく島に渡るのが先決と考え直し申し出を受けました。

都庁との一件を考えてみると、どうも私が終戦直後、父島に財宝かその記録を埋め、世の中が落ち着いてきたので発掘にいく――そんなふうに邪推していたのではないかと思っています。もしそうで、お役所が加担したことになるとこれは問題ですからね。ハッ、ハッ、ハッ」


五月二十三日、予定通り佐藤和尚は父島二見港の桟橋に降り立った。早速、海上自衛隊分遣隊に挨拶に行った。出発前のトラブルの後遺症か、どこかぎくしゃくとした空気が漂っていた。応援を要請する和尚に対して父島分遣隊長のY二佐は、「私事には協力できません。車を呼びますからお引き取りください」

と、そっけなかった。

和尚、都庁の係員に小笠原支庁村民課長ら地元の人達を加えた発掘隊は、宮の浜に向かい作業を開始した。午後になると、海上自衛隊分遣隊副長のI三佐ら四人の自衛官が応援に駆けつけた。

「隊長は協力を断わったのに――」

と訝《いぶか》る和尚に対して四人は、

「病身の先輩が頑張っておられるのに放っておけません。私たちは非番の者ばかりなのでお気づかいなく」

と、作業の先頭に立ち和尚を感激させた。

発掘作業は順調に進み、まず空爆による火薬庫爆発で戦死した松平經雄水兵長の棺を発掘、この日のうちに三柱の遺骨を集骨したが、地崩れで流出寸前のものもあった。

作業は同月二十八日まで続けられた。この間、税関職員、警官、自主的に協力した自衛官をはじめ、発掘の話を伝え聞いたキリスト教会の牧師ら地元民らが作業に参加。新聞記者も駆けつけ、発掘の模様を取材するほどの騒ぎになった。

新聞で報道されたこともあってか、最終日には一度は協力を拒否した分遣隊長の命令で五人の隊員が協力している。

作業を終えたあと、和尚は発掘に協力してくれた村民課長をはじめ、島の人達を訪ねお礼を述べた。満天の星の下を歩きながら、和尚はあふれてくる涙を抑えることができなかった。

翌二十九日、和尚は出発を前に海上自衛隊父島分遣隊を訪問、協力してくれた隊員たちに挨拶をした。最初、協力を拒否したY二佐もにこにこ顔で、前日から来島していた幕僚長に得意顔で、分遣隊がいかに協力をしたかを説明しながら和尚を紹介した。

「怒る気もしませんでした。というより、これが海軍の後輩かと思うと、情け無く何か哀れさを感じました」

と和尚は回想する。

十柱の遺骨を乗せた自衛艦「あけぼの」は、大勢の島の人達に見送られ、静かに二見港を離れ内地に向かった。

横須賀港では、停泊中の自衛艦全艦が半旗を掲げて出迎えた。

遺骨を抱きタラップを踏みながら、

「一緒に帰ってきたぞ」

とつぶやく和尚の声はふるえていた。

その後、遺骨は父島の墓に供えていた珊瑚、玉石と一緒に都知事、佐藤和尚が立ち会い無事、遺族に渡された。

「遺骨をご遺族にお返しできたのは、決して私一人の力ではありません。陰で支えてくれた海軍同期で海上自衛隊の山地二佐、かつて私の隊長だった松枝茂純氏、先輩のためならと命令を無視して協力してくれた海上自衛隊父島分遣隊の諸君、そして善意で作業を助けてくれた島の皆さん。最初は何度も対立したが最後は全面的に協力してくれた都庁援護課の皆さん――とにかく大勢の方の支えと協力があって初めて実現したのです」

戦友の遺骨と一緒に横須賀に上陸した佐藤和尚（左）

どこにあれほどの激しい情熱と執念が潜んでいるのだろうかと思うほど、和尚の話し方は物静かであった。

遺骨が遺族の手に渡った時点で、和尚は自分が所属していた父島方面特別根拠地隊第二震洋隊の正式な解散と、太平洋戦争の終結を自分自身に宣言した。

すでに終戦から二十五年の時が流れていた。

平成五年秋、和尚は常教寺で海軍で同期だった第一期魚雷艇学生の戦死者の五十回忌法要を営み、続いて海軍時代に所属していた部隊の五十回忌法要に参詣したあと、十日間にわたって父島を訪ねた。

浜辺では、戦争を知らない若者が楽しげに遊んでいた。

基地跡に立った佐藤和尚の脳裏には、ツルハシを振り、モッコを担いだ基地づくり。激しかった敵機の爆撃で爆発した基地の火薬庫。死を覚悟して取り組んだ訓練。激しい怒りと悲しみに襲われた戦友の死――かつて宮の浜の特攻基地で過ごした日々の一コマ、一コマが走馬灯のように浮かんでは消えていった。

しかし、過去の過酷な出来事も、長い時の流れが遠くに押しやり、目の前に広がる宮の浜は、生い茂った緑がすっぽりと基地を包みこんで元の自然にかえっていた。

磯辺に腰をおろした和尚は、兄島水道の潮の流れの中に、散華した戦友の顔を思い浮かべながら、一人一人に語りかけた。

平和な父島は美しく、そして嘘のように静まり返っていた。

四、語り部・島尾敏雄

――戦友が見た横顔――

「奴はね、年齢的にもクラスでは高い方でね、我々は陰で〝おっさん〟とか〝おやじ〟と呼んでいました。旅順でも川棚でも訓練では一生懸命だったけど、ドン臭い奴でね……」

ドン臭い奴といいながら、そこには蔑視の匂いは少しもない。それどころか、海軍で生死を共にしたという仲間意識がにじみ出ていて、絆の強さを感じる。

海軍仲間が島尾敏雄を語るとき、その言葉には親しみがこもっており、どこか誇らしげでもある。

戦後の文学界に大きな足跡を残した作家、島尾敏雄。九州大学文学部を繰り上げ卒業して海軍を志願、ベニヤ板ボートの水上特攻兵器・震洋艇隊の隊長として出撃命令を受け、「発進」の合図を待つ極限状態の中で終戦を迎えた話はあまりにも有名である。

島尾は海軍予備学生の後輩で『戦艦大和ノ最期』の著者でもある吉田満（東大・第四期予備学生）との対談で、海軍志願の動機について次のように語っている。

「いずれ召集がくることは分りきっていましたからその前に海軍を志願したんです。ちょうど飛行機の予備学生のポスターなんかが張ってあって、仲間にそれを勧めるのがいたんですよ。で、行ってみよう、ということになったんですが、さすがに飛行科のほうはダメだった。昭和十八年十月でしたね。一般兵科に採用されて、呉海兵団に参集、すぐに旅順の教育部隊に回されて基礎教育を受けたんです。（略）

昭和十九年の二月に、横須賀の水雷学校へ行ったんです。この術科学校を決めるのに、いちおう志望を書いて出させられました。第一、第二志望とも通信学校にしたものですから、ちょっと気がとがめてね。（笑）第三志望として、そのとき出来たばかりで、もっとも危険配置だといわれた魚雷艇を小さな字で書いたんです。そうしたら、結局そこにまわされちゃった。（笑）」

（文藝春秋昭和五十二年八月号「特攻体験と私の戦後」から）

第一期魚雷艇学生として横須賀の水雷学校、長崎県大村湾の川棚に設けられた臨時魚雷艇訓練所で島尾は猛訓練に励んだ。魚雷艇学生の同期生二百十三人の平均年齢は約二十四歳だったが、このとき島尾は二十八歳。同期では二番目の年長だった。

彼は水雷学校、川棚時代の思い出をその著書『魚雷艇学生』（新潮社刊）の中で触れている。やはり年長だったことを気にしていたのか、年齢のことが再三出てくる。

「私が踵のはれ物をかばって次第に伍におくれて行く途中では、『おっさん、しっかりせえや』と声をかけて行く者が居た。覚えはないがかげで私はおっさん、おやじとよばれていたらしい」

魚雷艇学生として一緒に訓練を受け、戦ったクラスのメンバーの目に映った島尾の横顔は——。

「われわれの平均年齢より四歳年長だということもあって、陰では『おっさん』とか『おやじ』と呼んでいました。いつもひょうひょうとしていましたねぇ。何というか、見ていて場違いのところにいるという感じでしたよ。訓練では何をしても、もたもたしていてドン臭い奴でしたが、年長らしくシンは強かったですね。物の考え方も大人だった。そうそう、周囲へも気を配っていましたよ。入隊してからも小さい字で詩か何かをよく書いていたのを覚えています。もの書きにふさわしくナイーブな性格の持ち主でしたね。長崎高商時代、柔道をやっていたと聞きましたが、柔道に関しては余り強くなかったなぁ。

作家としての島尾は、ご承知のとおりで純文学以外の分野には見向きもしなかった。一連の幻想文学は私なんぞには、読んでみてもさっぱり分かりませんがね。でも根強いファンは大勢いましたね。それも女性に多かった。

そうそう、島尾が震洋艇に寄せる思いはとても強く、基地跡を丹念に尋ねて歩きいくつかの作品を残しています。その一つ雑誌・潮に発表した『震洋の横穴』（注・昭和五十七年八月発行、別冊小説特集）で、終戦の翌日、高知県夜須町の第百二十八震洋隊基地で起こった悲惨な事故を書いていますが、戦友会で出会ったさい彼が『現地で取材したが、記録があいまいで困っている』と話したのです。たまたま事故発生時、私は同基地のすぐ近くの手結で魚雷艇隊の隊長として警備についていました。夕方でした。突然、百二十八隊基地の方向から大きな爆発音が聞こえたので駆けつけました。事故は出撃準備をしていた震洋艇の一隻の燃料が漏れて炸薬に引火し爆発したのです。私が到着してからも他の艇への誘発が続き、百人以上の隊員が犠牲になるという惨事でした。原因は、土佐沖ニ敵艦見ユ――の情報が入り、続いて『出撃用意』の命令が出た。その後、敵艦隊と見たのは夜光虫の見誤りで、命令は解除になったのですが、これが現地には届いていなかったようです。終戦直後のことで電信も混乱していましたからね。そのときの様子を島尾に話したのです。それにしても島尾の死は早過ぎました。我々予備学生の語り部として、もっともっと書いてほしかった」(萩原市郎)

「やはり文学青年という感じだったなぁ。周囲からは何となく頼りない奴――と見られていましたね。だが、筋は通す男だった。これは推測ですが、漠然と志願したが海軍で生活をするうちに、何らかの意義を見いだしたのではないでしょうか。

戦後、一魚会の会合に島尾が出てくるようになってからは、クラスの者に川棚時代の出来事を『おい、あれはどうだったかな』とよく聞き質《ただ》していたなぁ。そうそう、川棚で訓練を受けていたある日、学生隊長から突然、『魚雷艇学生も、特攻隊に志願することが認められた。今日は特別、課業なしとするので、志願するかどうかじっくり考えるように』――と告げられるという出来事がありました。一魚会の会合で島尾は、その時のことを持ち出し、『古賀はあの時、どうして休日を過ごしたか』と聞くので、志願することは特に考えるほどのことでもなかったので、俺は訓練所の崖下の岩場でウニを採って食い、時間をつぶした――と答えました。島尾は別にメモを取るでもなし、にこにこしながら『うん、うん』とうなずいているだけでしたが、後に出版された彼の著書、魚雷艇学生には私が話したシーンが、ちゃんと書かれていましたよ。クラスとの雑談の中で、島尾は作家として取材し、海軍時代の出来事を確認していたのでしょうね。

彼は芸術院会員になってからも、少しもぶったところはなかったなぁ。もちろん我々仲

間も、読売文学賞や、川端康成賞など大きな賞を取った大作家として特別扱いすることはなかったですがね」（古賀英也）

「私は島尾より五歳年下だったので、何となくオッサンがいるという感じでした。名簿順では島尾が彼の作品『第一期魚雷艇学生の同期生』の中で書いている『学生中は訓練の一つとして度々姓名を名のらせられたが、ヒ、ラ、ハ、ラ、ヒ、サ、ノ、ス、ケと一語一語はっきり区切って力強く名乗られたあとでは、私のシマオトシオという発音は如何にも力がこもらず、私の声は弱々しく拡散してしまう具合で頼りない限りであった』——に登場する平原久之助（京都大）の前が私だったので、印象に残っています。すでに小説を書いていたようですが、そんなことは全然知りませんでした。

どう言ったらいいのか弟のクラスに迷い込んだ兄貴——そんな感じでしたね。ちょっと憂いを含んだ端正な顔、柔和で内気、ナイーブな人でした。川棚時代は同じテーブルだったのでよく覚えていますが、先頭を切ってやるタイプではなかったので、強烈な印象は残っていません。震洋隊の隊長になったと聞いたときには、ミスキャストでは、とさえ思ったのですが、やはり上官は島尾の人柄をちゃんと見ていたんですね。内気で気が弱そうに見えたのも、実際は落ち着いていたんだと思います。実戦には参加していませんが、終戦後百余人もの部下を引きつれ、一人の事故者も出さず全員を無事に復員させたのは、彼の人柄によるものだと思います。やはりそれだけの器だったのでしょう。戦後、一魚会での付き合いで感じたのですが、島尾は昔と少しも変わっていなかった。いつも変わらない男——それが島尾です」（南部喜一）

「私は煙草をやらないので水雷学校時代、休憩時間に煙草盆を囲んで島尾と一対一の接触はありませんでした。いつももたもたしていて、海軍士官らしからぬ士官でしたね。我々が海軍でたたき込まれた〝スマートで、目先が効いて几帳面、負けじ魂これぞネイビイ〟と言う海軍士官のモットーとは、およそ縁の遠い男でした。動作も機敏とはいえなかったし、海軍によく来たな——という感じでしたね。でも海軍時代の島尾は、決して敏捷とは言えなかったけど、何事に対しても一生懸命取り組んでいました。いま思うと島尾は当時から文士の風格を備えていましたねぇ」（山田恭二）

「一魚会がスタートしてからのことですが、いつだったか私の主宰する研修施設・森と湖の里に島尾がふらりとやって来たことがありました。彼は施設の中で周囲の景観を見ながら、

『近藤が羨ましい。俺もこんな大自然の中で住んでみたいよ。それに貴様の仕事はたてまえだけを話せばいい。俺の仕事は、自分の本音の部分をさらけ出して書かなければならんのでしんどいんだ。楽じゃないよ』

と語ったことがありました。作家としての島尾の苦しみを改めて知りましたね。その時、私は散華した仲間のひとり、ひとりのことをぜひ書いてほしい——と頼んだのです。島尾は即座に引き受けてくれました。そして全員ではなかったが、私たちの仲間の生きざま、そして死にざまを書き残してくれました」（近藤重和）

新聞や週刊誌に連載小説を書くこともなく、作品の発表は文芸誌に限られ、純文学にこだわり続けた島尾について、次のような声もある。

「終戦時、私は島尾と同じ奄美大島防備隊にいました。昭和二十年二月、私は第百十一震洋隊長として喜界島に配置されたのですが、すでに島尾は第十八震洋隊長として加計呂麻島にいて、私を迎えてくれたのです。彼は私の隊の基地の準備をしてくれていました。私が海兵出身の隊長と対立したときも、中に入ってくれたのは島尾でした。戦いが終わって復員船を待つ間、島尾の隊の兵舎に居候したのですが、この時、島尾の案内で島の旧家を訪ね、ご馳走になったことがありました。旧家で出会った娘さんが後の島尾夫人、ミホさんだったのです。復員してからもよく会いました。いつだったか銀座で一緒に飲んでいて、冗談半分で、純文学もいいけど、たまには大衆ものを書いたらどうだ。ゼニになるぞ――と言ったことがあります。島尾は真剣な顔で、『俺は遅筆でな。現状で精一杯なんだ』と言っていました。文才はともかく、大物作家になっても少しもぶらない島尾を畏敬していました。島尾を友人に持ったことは私の誇りでもあります」（後藤三夫）

魚雷艇学生時代の島尾に、作家としての芽を感じ取っていた仲間もいる。高知市在住の松岡俊吉（慶応大・著述業）がその人。松岡は旅順、水雷学校（横須賀、川棚）で島尾と一緒に訓練を受け、後に人間魚雷・回天の搭乗員になった。戦後、島尾の小説を独自の観点で分析した著書『島尾敏雄論』（泰流社刊）の中で、次のように述べている。

「島尾学生は、どちらかといえば模範生タイプで、学科も術科もよくできたし、黙々として地力を養うといった大人の風格があった。劣等生の私などは、足許にも及ばなかった。

汐風で顔も黒く焦げ、堂々たる偉丈夫に見えた。

星のきれいな夜、校庭に散歩に出た私は、ふと彼とすれ違い、彼が何か手帳に書きこんでいるのを発見し『見せろ』と奪いとって見たことがある。いくつかの詩がメモされてあった。『きさまの詩か?』と私は問うたが、彼は黙って笑っていただけだったような気がする。しかし私は、内心感動していた。詩の上手下手は今もってわからないが、心打たれた記憶だけは、したたかに残っている。まさか彼が、後世、作家になるなどとは思いもしなかったが、ナイーブな詩人の資質を感じて、ひそかに見直したものである。戦後、島尾という作家がその彼であることを知って、びっくりしたが、やはりそうだったかという気もした。私が奪いとって読んだそれらの詩は、残念ながら彼は紛失してしまったらしい。『幼年記』にいくつか残っている詩は、私の読んだものとは別のような気がする」

魚雷艇学生時代の島尾は、自分の方から仲間の中に溶け込んでいくというようなことはなかったようで、どちらかと言えば意識的に距離をおいていたと言う戦友もいる。しかし、これには異論もある。

「川棚の訓練所にいた昭和十九年七月、震洋第一次講習員として三十人が指名されましたが、その中に島尾と私がいました。三十人は川棚から横須賀の水雷学校に移りました。私の場合、すぐ部隊の編成を命じられたので隊員の人選、訓練に追われる毎日でした。一方、島尾は部隊が決まらず、訓練しようにも部下がいないという状況で毎朝、体操が終わるとすることがない。島尾と顔を合わすと、『食っちゃ寝のお化けだな』――と、よく冷やかしたものです。

海軍での島尾は、暗がりから牛——と言った感じでした。何事にも一生懸命取り組んでいましたが、といって先頭に立つということはなかった。いつもしんがりでした。動作はのろかったなぁ。といって落伍することは絶対なかった。島尾は、海軍では一歩距離をおいていた——と言う人もいるが私はそうでないと思う。島尾なりに、何事にも一生懸命だったが、付いていくのが精一杯だった。それが何となく距離を置いているかのように見えたのだと思いますよ。特攻隊の隊長としても、先頭に立って部下を引っ張っていくタイプではなく、よろしくやっておけよというタイプではなかったかと思いますよ。こんな風にぼろくそに言えるのも、気の置けない仲間だからこそですがね。

戦後、彼の書いた『死の棘』だったかで、文学賞を受賞したときミホ夫人と一緒に上京した帰り、東京駅まで見送ったことがありました。賞を貰《もら》ったんだってな——と言うと、『そうなんだよ。何を間違ったのか貰っちまったんだよ。くれるというものなら何でも貰っちまえと思ってね』と言ってましたね。その時、言ってやったんですが、お前の作品は暗すぎるってね。『死の棘』を読んだけど、なんだいあれは。暗いよ。『魚雷艇学生』も、よくあれだけ覚えていたと感心したけど、それにしても暗い。暗かったのはお前くらいで、俺たちはけっこう明るかったぞ。書くのならもっと明るく書けよってね。島尾は、『こんなところでケチをつけられるとは思ってもみなかった。俺にはそんなふうに書くことはできないけど、そう言われてみるとそうかな』って苦笑していましたよ」（佐藤摂善）

島尾学生は、教官の目にどう映っていたか。川棚で第一期魚雷艇学生の教育に当たった納谷忠司教官（東大・前大阪東部水産市場常務）は「とにかく真面目だった」と次のように語っている。

「私は島尾より一期早い第二期兵科予備学生なんです。第一期魚雷艇学生総勢二百六十人の中には、島尾を含め二十八歳以上の学生が五人いました。当時私は二十七歳だったので、自分より年長の学生には関心を持っていました。島尾は私の班ではなく、私と同期の森繁少尉（中央大・戦後没）の班にいました。島尾は高商時代、柔道をやっていたとかで、確か初段だったと記憶していますが、森は三段でした。そんなことで森は、『島尾は根が真面目なので、柔道の先輩としてなんとか伸ばしてやりたい』と言っていましたし、私もうまく引っ張ってやってくれ――と話し合ったことがありました。私達教官の目に映った島尾は、運動神経は豊かでないが、真面目でもの静かな魚雷艇学生でした。

戦後、十数年して島尾の作品『出発は遂に訪れず』を読みました。本人と再会する前にこの本を読んだことが、とても懐かしく嬉しい思いでした。その後、第一期魚雷艇学生の戦友会に招かれて出席、島尾と再会しました。六十一年に有馬温泉で開かれた戦友会でのこと島尾に、魚雷艇学生の貴重な戦争体験を後世に残すためにも執筆方を頼みますと、お願いをしたことがあります。その時、島尾は力強く『そのつもりです』と言ってくれました。当日の出席者のほとんどが私と同じような会話を島尾と交わしていました。それからわずか三カ月後に、島尾は亡くなったのです。残念でなりません。もっともっと書いてほしかった」

島尾が海軍の同期生と再会、親しく付き合うようになったのは、戦後もしばらくたってからのことである。きっかけは、第一期魚雷艇学生の生き残りで組織している戦友会「一魚会」だった。同会の発足時に島尾は、こんなエピソードを残している。

復員してきた第一期魚雷艇学生たちの個人的な交流の輪が広がり、同期の名簿作りも一段落したのは、戦後の混乱がやっと治まった昭和三十一年頃のことだった。すでに『出孤島記』『ロング・ロング・アゴー』などの作品を発表、新進の作家として注目を集めていた島尾の許に、一魚会から第一期魚雷艇学生の名簿を作成するため照会の手紙が届いた。

一魚会という名称に心当たりがなかった。首をひねった島尾は、早速問い合わせの手紙を書いた。この間のいきさつは『第一期魚雷艇学生』（冬樹社刊・島尾敏雄非小説集成第六巻）に詳しい。一部を引用すると、

昨年の初夏のころ、一葉の往復はがきを私は受けとったが、それには二回目の名簿を作る資料を記入して送りかえしてほしいと印刷されていた。発信名の「一魚会」というのは記憶になく、一回目の名簿云々のこともいっこうに思いだせなかった。

問い合わせるつもりで日を送るうち、かさねて催促が来たので、「一魚会」がどんな会か教えてほしいこと、もし釣魚の会だとしたら、私がそこにまぎれこんでいるのはなにかのまちがいではないかなどと、よけいなことまで書き添えて出した。

その返事はブーメランさながらにすぐにかえってき、「旅順、水雷学校、川棚と青春を忘れ共に苦労した『第一期魚雷艇学生』の仲間」を忘れるとはなさけないことだと書いてあった。

しまった、と私は思った。それらの仲間をどうして忘れることができよう。でも私はこの二十年ばかりのあいだそれらの仲間を今もなお生きて現世の生活を営んでいる個々の人々としてではなく、かつてこの世にしばらくは存在したとらえようのないへんてこなひとかたまりの集団として胸の奥底にしまいこんでいたようなところがあった。

「問い合わせの返事には、確か『貴様は日頃、我々のことを書いてメシのタネにしておきながら、けしからん』と書いた記憶があります。私の抗議に対して、島尾からは彼の文じゃないけど、それこそブーメランのような早さで返事が返ってきましたよ『スマン、スマン』とね」

と萩原は回想する。

だが、海軍時代の仲間の会への出席は最初、多少とも心に引っかかるものがあったようだ。そのあたりの心境を一魚会の会報「航跡」に次のような一文を寄せている。

一魚会のこと

萩原兄より会報の原稿を書けとの手紙を受けとったが、なにを書いてよいのかずい分迷った。でまず回想的なことを書いてみよう。

一魚会の例会には二回出た。東京と京都でのそれに。震洋特攻碑除幕式のときの佐世保での集まりを加えると、三回ということになろうか。最初に会合に出るときは躊躇した。なにしろ自分の過去の海軍生活については、いろいろなやましい考えにとりつかれているのだから。もしその会合が過去の栄光幻想のようなものだけで結びついているのであれば、おそらく自分のいる場所はあるまいと思えた。しかし出てみたい気持ちがおさえられずに出た。なんといっても水雷学校での三百何人かの仲間は、人間勉強の原点であったと思えるのである。

ちょうど小学校のときの級友たちのように、その中の仲間たちの容貌と性格と仕草のそれぞれの型が、世の中と向かい合うときの鍵の原型ででもあるかのように思えて仕方がない。言ってみれば世の中でのことはその仲間たちから教えられてしまったようなのである。

折りに付け思い浮かび確認し納得する世の中とのかかわり合いの中で、手がかりとなるのは水雷学校と小学校のときのじぶんのまわりの仲間たちのすがただ。だから既に過去となった仲間たちとその現在とのあいだの断層を、この目で見たいという思いがおさえられなかった。結果はどうだったろう。今その実体が何であるかをはっきり指摘することはできないが、その集いはひとつの謎を含んだ生態を持っていると思わないわけにはいかなかった。それは思わざる期待が満たされたと言ってもいいだろう。

なまなましい歴史の断層が、その地層をあざやかに露出しつつ、思いのほかに柔軟なふくらみを持っていたのだった。集会の中では過去と現在の混交する沸騰に直面しながら、しかも或るスマートなやわらかさが流れていたのである。

なぜそんなことが有り得るだろう。もちろん現実はどのような変化を強いてくるかははかり知れないけれど、少なくとも仲間たちの目の中には、限界を包みこんでじっと見ている目差しが認められたのである。私は安堵を感じ、この集いにずっと加わっていたいという思いに襲われたのだった。そしてわれわれ魚雷艇学生出身者に一体どのようにしてこのような状態がつちかわれたものか、という問いが、おそらくはこの先もずっと私の中で問われつづけられるだろうと思う。


（航跡・創刊号から）


参加することへの軽いためらい。参加して仲間との語らいで得た一種の安らぎ。参加者の多くが島尾と同じような気持ちだったのではないだろうか。

一魚会の会合では、島尾が危惧したような「栄光幻想」的な会話はほとんど交わされることはなかった。たまに国防論などで意見が衝突することがあっても、それは酒の席で気の置けない仲間の軽い口喧嘩という感じで、それも周囲から「もし事が起きても、今の俺達じゃなぁ……」と半畳が入って幕といったたぐいのものだ。

無口な島尾にインキジノフ・トシオスキーというあだ名をつけたのは作家仲間の吉行淳之介だが、戦友会での島尾は決して無口ではなく、かつての仲間との会話を楽しんでいたと大勢が証言。「島尾は一魚会の宴会でマイクを持って楽しそうに歌っていた」と言う者もいる。

吉田満は、遺稿集『戦中派の死生観』（文藝春秋社刊）の中に、「島尾さんとの出会い」のタイトルで、島尾と対談したときの様子を次のように述べている。

「純文学の作者は概して如才のない社交家であるはずはないが、島尾さんはとりわけ独特の風格のある謙譲家で、よほど奨められても床の間には坐ろうとしない人だときいていた。ところが初対面の挨拶がすむと、司会者のひと声でさっと上席に座を占めた。それは予備学生出身の海軍士官が一期後輩を前にしたとき、おのずから立居振舞にかもし出す貫禄のようなものであった」

この一文からも分かるように、海軍仲間といるときの島尾は、海軍言葉でいう「潮気」が抜けない、かつての青年士官に戻っていたといえるのではないだろうか。

一魚会の会報「航跡」の編集、発行を黙々と続けてきた萩原は、

「島尾は律義な奴でした。会報への寄稿を何回か頼みましたが、多忙な作家ということもあってか、頼んでから何年かして原稿が届くのです。でもね、届くのは原稿だけではなか

った。決まって一万円が同封されているのです。『会報制作費の一部に使ってくれ』ってね。島尾ほどの大作家から、原稿の掲載料を取っていたのは航跡くらいのもんでしょう」

と懐かしそうに語る。

特攻基地跡の島尾文学の森公園の碑
（鹿児島県瀬戸内町役場提供）

雑誌「新潮」に昭和五十四年一月号から同六十年六月号にかけて掲載された晩年の作品『魚雷艇学生』は、島尾が一魚会に参加、海軍時代の仲間との交流を始めたことで完成したともいえるのではないだろうか。

『魚雷艇学生』が単行本（新潮社刊）となって発売されると島尾の同期生や、その遺族から、一魚会会報「航跡」に「よくぞ書いてくれた」という声が数多く寄せられている。この作品は島尾だけでなく同期の予備学生にとっても、命を賭して戦った〝彼等だけの青春〟へのレクイエムといえるのではないだろうか。

島尾の死は突然やって来た。昭和六十一年十一月十日、書庫で蔵書の整理をしている最中に気分が悪くなり入院、夜になって意識不明になった。翌十一日夜、脳梗塞のため死去、波瀾に満ちた六十九歳の生涯を閉じた。

島尾の葬儀では戦友を代表して魚雷艇学生の同期、近藤重和が弔辞を述べた。生死をともにした友の死を悼む近藤の言葉が、参列者の胸を打った。

翌年一月に発行された雑誌、群像一月号に「追悼・島尾敏雄」の特集が組まれ、作家仲間の安岡章太郎、吉行淳之介、小川国夫の座談会「島尾敏雄・人と文学」が掲載されているが、その中で「弔辞を述べたのは近藤重和さんという方です。震洋艇隊にいた方らしい。そのころの昔話を織り込んで、隊員同士の符牒のような言葉を出したりして、弔辞がとてもよかった」という発言がある。

また小川国夫は、その著書『回想の島尾敏雄』（小沢書店刊）の中で、

「近藤重和さんの弔辞は、私は何度も読んだり聞いたりした。特攻隊の内側の空気を、島尾さんとは別の言葉で伝えてきた。概念や推測の及ばない、一回限りの世界であり、それを誰かにくわしく書きとどめてほしいという願いは、隊員として強かったのだ。恰好のかたりべを得た幸運を、近藤さんは感謝していた」

と、述べている。

一魚会の会報「航跡」第四十一号（昭和六十二年六月十日発行）に、その全文が掲載されている。近藤の許しをえて紹介しよう。

弔《おわかれの》　辞《ことば》

現代文学界の極北の星と、たたえられる君に島尾君、いや島尾！　と最後の呼びかけを

する失礼をお許し願いたい。このような呼びかけをしないと我々のあの苛酷な戦争参加の中でも再びあり得ないであろう特攻という特別の体験をしあった者としての最後のお別れの言葉が続かないのです。

我々は毎年、学業半ばにして若い命を散らしていった多くの仲間達の追悼の会を持ち続けているが、君は常に君の躰の許すかぎり出席し、参会するものすべて、かつての青年海軍士官にもどり現世（うつせみ）の草々をすべて忘れ、語り明かしたね。

或る時この語らいの中でこんなことがあったのを君は覚えているかい？　参会した仲間の一人が「おい島尾、俺達には貴様のような文学的才能はないから、どうか貴様がかわりに敗戦を予感しながら自らすすんで死地に向かった俺達仲間の一人一人について書いてやってくれよ」と随分乱暴な申し入れをしたが、君は真剣な顔で「そうだな先ず、三木十朗のことでも書き始めるか。俺は三木の死にざまについて少し知っているんだ」と答えていたね。君は自分のことを書くのにあれほど苦労するのに、まして仲間の一人一人のことを書くのがどれほど大変なことであるかは、文学の門外漢である私にも察しがついた。それなのに君は書こうという。私は君の精根を削ることになりはせぬかと危惧した。と言うのも、かつて君がふらりと私の主宰する青少年研修センターを訪ねてくれた折り、私に「おい近藤、貴様はたてまえだけ語ればよい仕事でいいなあ。俺の仕事は俺の本音をえぐり出し、さらけ出して書かねばならぬので大変なんだよ。楽じゃないんだなあ」と、例の柔らかな語り口で語ってくれ、作家としての君の真実を知り、我が衿を正したことがあるからです。

然し、君は亡き戦友一人一人について書いてはくれなかったが、君の作品で正確に我々予備学生の戦いの中における生きざまを書き残してくれ、長崎県川棚町新谷郷の魚雷艇訓練所跡の一隅に建立されている水上特攻殉国之碑の三千余柱の戦死者お一人、お一人の刻名とともに、生きた鎮魂の碑文として永久に君が心血を注いだ文章一字一字が語り続けておりましょう。

島尾君、ご苦労様でした。本当にありがとう。

君は尚、愛する家族のため、また文学者として、作家として多くのし残した事があることを思うとき、洵に残念至極。然し、人は誰もいつしか死を迎え、そして悉皆一処會集すべて一つところに集められるとか。その折りもう一度顔と顔を合わせ肩をいだき合って、若くして征った仲間達も一緒になって、語り明かそうではないか。それまでどうか君が愛したミホ夫人、常に心配していたマヤさん、ご遺族方のそば近く守護霊として慰め、励ましてあげてほしい。又、君がかかわった多くの人々に常に分かち与えた、あの微笑みを、語りかけを思い浮かべさせてほしい。

島尾君、君の永遠への出発は遂に訪れたのだ。今、我々は海軍の別離のしきたりに従って、第十八震洋特別攻撃隊、隊長島尾敏雄に対し〝帽ふれ〟をもってお別れする。在天の君が霊意あらば、来たり受けられよ。

昭和六十一年十一月十五日

海軍第一期魚雷艇学生

戦友　近藤　重和

昭和六十三年十二月、島尾がミホ夫人と出会った加計呂麻島、そして第十八震洋特別攻撃隊の隊長として出撃を待った同島呑之浦の基地跡に島尾敏雄文学碑が建立された。周辺は「島尾文学の森」として整備され、『島の果て』、そして遺作となった『国敗れて』などの書き出しの部分が碑に刻まれている。

また島尾と親交の厚かった作家の小川国夫が、島尾を偲ぶ次の文を寄せている。碑文は島尾文学の特質と、島尾の人柄を語り尽くしているといえるだろう。

島尾さん、あなたの声は

小川国夫

あなたは、おだやかな人でした。微笑しながらユーモアをまじえ、相手の立場をわかろうと心づかいしてくれました。あまりたんたんと話すので、私は忘れそうでした。あなたがかつて苛酷な大渦に投げこまれた人で、今もその大渦が身内で動いていることを。だからあなたと会ったあとで、私はあなたのいくつかの小説を読みかえしてみたこともあります。ひきつけられ、夢中になり、しばらく文字を追っておりますと、あなたの体験が私の体験になるかのようでした。自然でありながら、奇怪で胸しめつけられることもありました。しかし読み終わって残ったのは、あの物静かな語り口でした。身をさいなむどんなことも、平気と人に思わせるような、あなたの声でした。

五、満州へ密航

――戦後の特攻に挑んだ古賀英也――

第一期魚雷艇学生の大半は、文系の大学や高等専門学校などを繰り上げ卒業した人達だが、古賀英也（九大・医師）の場合は大学に在学中で、しかも予備学生では数少ない医学生という点で異色の存在だった。

当時、古賀は満州・奉天市（現在の中国東北部の遼寧省瀋陽市）にあった満州医大の学生だった。海軍第三期兵科予備学生を志願。旅順予備学生教育部から水雷学校で特攻隊要員としての訓練を受けた後、特殊潜航艇・蛟竜の艇長として舞鶴で出撃命令を受けた直後に終戦を迎えた。復員後、九州大医学部に復学したが、満大の学友の引き揚げが大幅に遅れ、引き揚げ学生のために文部省が設けた国内大学の編入試験の期限が迫っていたことから、連絡のため危険をおかして満州に密航するという冒険をやってのけている。

海軍兵科予備学生を志願した動機について古賀は、

「医学生でありながら、なぜ軍隊を志願したのか――と質問されることがありますが、理由を聞かれても、答えに困ります。国を守るといったはっきりした自覚があった訳でもなかった。当時の日本の社会情勢からそうするのが良いと考えたのだろうと思います。予備学生を志願した時も特別攻撃隊を志願した時も、それ程つきつめた気持ちでなかったことは確かです。

私が志願したとき、教授、友人の全てが、考え直せ——と猛反対しました。大学が私のためにやってくれた壮行会でも学長が『軍隊への志願は、古賀を最後にしてほしい』と訓示されたのを覚えています。

旅順の予備学生教育部で身体検査を受けた時のことですが、診察をした軍医が大学の先輩で『医学生が兵科を志願することはない。将来、軍医としてご奉公はできる。どこも悪いところはないが、目が悪いことにして不合格にするので、大学に帰ってしっかり勉強しろ』と、諭されました。それもそうだなという気になったのですが、最後の面接試験で、旅順教育部長の谷本計三大佐が『医学生でありながら、志願するとは見上げた奴。必ず採用する』と、大声で言われました。喜ぶべきか、悲しむべきか、複雑な気持ちでした。そのうちに採用通知が届いたのです」

と苦笑しながら振り返る。

古賀は「特攻隊」と言わず「特別攻撃隊」と言ったが、インタビューの冒頭に、

「私たちは特別攻撃隊要員として訓練を受けました。そして魚雷艇、特殊潜航艇などに搭乗しました。戦後、回天、震洋などをひっくるめて〝特攻〟と呼んでいますが、これは間違いです。私は特殊潜航艇に乗っていましたが、出撃してもほんの僅かでも生還の可能性が残されていました。しかし同じ特攻隊でも回天は一度発進すると生還の可能性はゼロ、つまり発進は絶対死を意味していたのです。だからこれらを一緒にしてはいけません。特

攻隊と特別攻撃隊は違うのです」
という発言があった。

古賀は、旅順教育部から水雷学校で第一期魚雷艇学生として訓練を受けた。訓練終了が目前に迫った昭和十九年五月十一日の夕食後のことだった。突然「総員集合」がかかり、「特殊潜航艇の艇長を貴様ら予備学生の中から募集する。海軍軍人として光栄ある任務であるが、この任務につく以上、命はないものと覚悟せよ。希望者は教官室に申し出よ」という話があった。古賀はためらうことなく志願書に「志願シマス」と書き、教官室に提出した。

第二期兵科予備学生で、当時川棚で教官として魚雷艇学生の指導に当たっていた納谷忠司少尉（東大・前大阪東部水産市場常務）は、

「その夜の十時頃、私達教官は全員で、提出された志願書を整理しました。中には血書した学生もいました。『熱望』『志願シマス』など、表現は違っていても記載された内容からいって、全員が志願していました。志願書を読んで、私自身が急に恥ずかしくなったことを今も覚えています。というのは、当時の私はパイロットを希望していたのですが、視力検査で不合格になり腐っていました。教官配置になったことが不満で中途半端な気持ちでいたのです。魚雷艇学生の志願書を読み、その純情さというか純粋さに触れたことで、ガツンと一発くらったような気になったことをはっきり記憶しています。

志願書を読みながら、恐ろしい集団だとも思いました。同時にこんな純真な青年をむざむざ殺してしまうのか——と考えるとやり切れない気持ちになりました」

と、回想する。

選考は次のような基準で行われた。

一、堅忍不抜、意志強固でよく任務の遂行に耐えうるもの。

二、攻撃精神旺盛にして、身体強健なるもの。

三、家庭環境円満にして、家族に後顧の憂いなきもの。

選考の結果、五十人が選抜された。彼等は少尉任官と同時に、広島県倉橋島の通称、P基地で特殊潜航艇の艇長講習（九期）を受けることになった。

「特殊潜航艇といえば、超小型の潜水艦という程度の知識しか持ち合わせていなかったのですが、P基地で実物を見て、これが俺の棺桶になるのか、鉄製で頑丈そうな棺だな――と思ったとたん気持ちが落ち着きました。

特殊潜航艇は甲標的とか、的と呼ばれていましたが、搭乗員が二人だった初期の艇から私達の頃は乗員三人の丙型に改良されていました。間もなく行動日数も大幅に伸び、乗員は五人に増員された丁型が誕生したのです。終戦時に乗っていた蛟竜がそれです。P基地では先輩の士官たちがスマートなネービイとは程遠い無精髭、油で汚れた作業服姿で行き来しており、独特の雰囲気が漂っていました」

と古賀は振り返る。

当時の古賀少尉の印象を、艇長講習同期の人たちは次のように語っている。

「古賀は何をしても憎めない男でした。艇長訓練が終了した直後、同期のトップを切って古賀を含めた三人が艇を貰ったのですが、仲間の中からは『何であいつが……』と、やっかみの声が出ました。だが『古賀なら仕方がない』と、仲間うちでも別格でした。人間的に魅力のある男なんです、古賀は。だから上官も古賀に決めたのだと思います。とにかく部下の扱いが抜群にうまかった。艇付全員が、心酔しきっていましたねえ」(帯広高等獣医・相田生物研究所、相田二郎)

「古賀はね、海軍がよく似合う奴でした。純真無垢——そんな感じだったなあ。訓練でも、学科でも人一倍気合いが入っていた。予備学生は文系の学校出身者がほとんどで、水雷学校での座学は理数系の学科が多く、文系の私達は四苦八苦でした。その点、医学部にいた古賀は余裕が感じられ羨ましく思ったものです。とにかく彼は特殊潜航艇が似合う男でした」(福岡高商・東京写真製版協同組合、市原=旧姓柏木=茂)

また古賀艇の艇付だった其山(旧姓井桁)圭二一上等兵曹(鳥取県日野郡溝口町)は、次のように話している。其山上曹は駆逐艦「浦風」に乗り、緒戦の真珠湾攻撃、インド洋海戦、ミッドウェー海戦に参加した歴戦の猛者で、水雷のベテラン下士官である。

「海兵出身の士官は、作戦面などでは確かに優れていたが、知ったかぶりをする人が多かった。予備士官の中にもそんな人がいて、あの野郎が！ と陰口をたたかれていました。その点、古賀艇長は違っていましたよ。気取りや、ぶったところが少しもない気さくな士官でした。『攻撃時の命令は俺がやるが、後は任す』との言葉どおり私達を信頼してくれました。私は、下士官が優秀でなければ戦いには勝てない——と自負していましたが、艇長はそれを認めてくれたのです。だから私達の艇では、艇長の『頼むぞ』の一言で、全てが通じました。

古賀艇の雰囲気は最高でしたよ。当時の兵隊は、陛下のために死ぬ——と言っていましたが、私は陛下とは心やすい訳でもなく、なにかピーンとこない気持ちでしたが、艇長や古賀艇の戦友と一緒なら死ねると思ったものです」

さて、九期艇長講習が終わりに近づいた昭和十九年十一月、仕上げとして通信の講習を受けるため、何班かに分かれて九里浜の海軍通信学校に派遣された。古賀少尉も第一陣として通信教育を受けた。その期間中、中尉に進級した十二月一日に悲報が届いた。美田和三中尉の訓練中の殉職である。美田中尉の殉職はすでに述べたが、遭難した八十五号艇は、古賀中尉の艇だった。

「運命のいたずらなんでしょうか、通信学校から帰ってくると、八十五号艇でマニラに出撃することになっていたのです。友を失い艇はだめになって出撃できなくなる……。無念でした。ずい分悩みましたが、美田が艇内で書き遺した『古賀ノ的ヲコワシ申シ訳ナシ』の遺書が当時の私を救ってくれました。マニラへは同期の平井興治（慶応）が出撃しました。途中で行き先が台湾に変更になり、高雄港外で敵機の攻撃を受け平井は戦死しました。同期の艇長では二人目の犠牲者でした」

この直後から甲標的は丁型の時代に入る。「蛟竜」と名付けられたこの艇は、排水量も従来の五十トンから六十・三トンへと大型化。連続行動日数は二日から五日へと大幅に伸び、乗員も五人に増えた。

古賀中尉には、新しく二百七号艇が引き渡され、再び油まみれになっての艤装作業が続いた。沖縄への特別攻撃隊として出撃命令が下ったのは昭和二十年一月だった。花田賢司大尉（海兵七十一期）を艇隊長に、古賀中尉、伊与田規雄中尉（早稲田大）＝途中、佐世保で酒井和夫中尉（島根師範）と交替＝を艇長とする花田隊の三艇と、他の艇隊三艇、計六艇で編成された特別攻撃隊だった。

当時の様子を古賀艇の艇付、其山圭二は、次のように回想する。

「倉橋島の大浦基地を出たのは一月二十八日で、沖縄には二月十一日の紀元節に突入する予定でした。特殊潜航艇としては、沖縄まで初めての自力航海ということもあって注目され、出港するときには豊田聯合艦隊司令長官が私達一人一人に握手して激励してくれました。艇には菊水の幟をなびかせ、帽振れに送られて出港しました。古賀艇は乗員が五人に増えていましたが、艇長以下乗員の団結は抜群でした。

私自身もミッドウェーの海戦で、初めての負け戦を体験して以来の出撃だったので、武者ぶるいしていたのですが、艇は故障の続出でした。また艇が少し大きくなったといっても、冬の玄海灘や東支那海に出ると、木の葉のように揺れ航行は困難をきわめました」

故障と荒浪との闘い。難航が続いたが、思わぬアクシデントが起きた。以下は古賀の回想である。

「南下する途中、大時化に遭い口之《くちの》永良部に避難したときのことでした。時化を避けるため、艇を海底に沈座させたのです。まず隊長の花田艇が沈座したまま砂浜に押し上げられ大破。私の艇は島の北側に沈座しましたが、その直後、同じ位置に酒井艇が沈座して私の艇は第一燃料タンクが破損してしまったのです。闇の中での風雨と波浪との闘いも徒労に終わってしまいました。沖縄に進出したのは酒井艇ただ一艇でした。その酒井も沖縄で戦死してしまって……」

隊長の花田は、次のように振り返る。

「特殊潜航艇にとって初の自力航行でしたが、シリンダが壊れたり、ピストンが故障したりで失敗しました。私の艇と古賀艇は母艦に率いられ鹿児島県山川港に帰ってきました。しかしそこでは艇の修理ができない。呉まで持って帰ることになり、佐世保に行ってタグボートを借りました。山川港でのこと、私達のタグボートが敵機の襲撃を受けたことがありました。ボートに機銃掃射を加え、機首を立て直すところを狙って機関銃を撃ちまくり、二機を落としました。これが花田隊の唯一の実戦です。

そうそう、山川ではこんなことがありました。私が呉に行って留守中のことでしたが、古賀艇の艇付が、酒保物品調達のため汽車で鹿児島に出かけたのです。その列車が敵の空襲で機関手とボイラーをやられ列車は止まってしまったのです。その時、古賀艇の石丸(旧姓関)富二上機曹と玉手(旧姓阿部)喜義機曹が弾丸をかいくぐって機関車に飛び乗ったのです。二人は自分の服を破ってボイラーの穴をふさぎ、約一キロほど離れたトンネルまで列車を走らせ避難させたのです。そして空襲が解除されると、そのまま終点の鹿児島まで列車を運転したのです。乗客は『陸軍さんは逃げたのに、海軍さんは偉い』と拍手喝采したそうです。

これには後日談があります。四人はこのことを内緒にしていたのですが、しばらくして鉄道大臣から二人の勇敢な行動に対して感謝状が大浦の基地に届き、私も初めて知ったのです。鹿児島行きは内緒の行動だったようですが、私も咎めだてはしませんでした。艇を呉に持って帰り、私達の特別攻撃隊は解散したのです」

二十年八月十五日。その日の舞鶴は暑かった。終戦が伝わり、基地に虚脱感が漂う中、ヒマワリの花だけが律義に太陽を追っていた。

「終戦の二カ月程前、私達は舞鶴突撃隊に転属になりました。舞鶴では標的を大量に建造中でした。完成品がほとんどなかったため訓練も出来ず、毎日が艤装の明け暮れでした。この間二、三度、出撃命令が出ましたが、艤装が間に合わず中止。終戦の三日前に四国方面への出撃命令が出て待機していたのですが、出撃日が決まらぬまま戦争は終わりました。

実は私は終戦をうすうす感じていました。短波放送の受信は禁止されていましたが、ハワイからの対日放送をちょくちょく聴いていました。八月になって放送内容が急に変わり、ポツダム宣言がどうのこうのと放送し始めたのです。玉音放送の直前に賑やかな音楽入りで『日本は無条件降伏した。世界に平和が訪れた』という放送があったのです。ちょっと半信半疑でしたが……」(其山圭二)

舞鶴突撃隊は、翌日解散。古賀中尉は残務整理を済ませ、九月二日に舞鶴をあとにした。

復員直後の行動について古賀は、

「当時、外地(朝鮮)にいた両親の消息は分からず、帰る家もなかったので、同期の樋口秀幸中尉(旧姓伊藤竹次郎、明治大・漁業)の家に一カ月ほど徒食しました。引き揚げて来て福岡県の田舎で仮住まいをしていた両親と再会したのは、終戦の年の暮れだったように記憶しています。

山を開墾したり、農家の作業を手伝いながら、大学への復学はもう諦めていました。生活を立て直すため職捜しをしていました。ある日、父が『敗戦で財産の全てを失い、お前たちに遺すものは何もない。食えなくなったら働けばよい。とにかく初志を貫いて医学を続けろ』と言ってくれたのです。私は知らなかったのですが、父は上京して外務省管理局在外邦人部を訪ね、私の満州医大の在学証明書を用意したり、九大医学部で編入試験の問い合わせをしてくれていました。私は学費のことも考えず、それもそうですな――と九大医学部の転入学試験を受けました」

九大医学部に転入学したのは、二十一年五月だった。だが新学期が始まった直後、食糧難を理由に、六月には夏休みにはいった。

古賀には気になることがあった。周囲には台北帝大や、京城帝大からの引揚医学生は大勢転入学していたが、満大からの引揚学生の姿がないことだった。満州からの引き揚げはまだ始まっていなかったのだ。

当時、引揚者の診療をするため、福岡市内の聖福寺に診療所が開かれていた。診療所には京城帝大医学部、満州医大出身の医師たちが診療に当たっており、引き揚げの情報基地にもなっていた。だが、満大関係だけは全く情報がなかった。

その頃、満州からの第一回引揚船が博多港に入港した。だが引揚者からも、満大に関する正確な情報を摑むことはできなかった。引き続き博多港に入った引揚第二船での帰国者の中に、満大同級生の宮崎守正（故人）がいた。宮崎によってやっと満大の現状が明らかになった。

満大は終戦後も進駐して来た国府軍の意向で廃校にならず、そのまま医科大学として日本語での授業が続けられている。しかし、終戦後の日本の情報は皆無だった。宮崎は日本の現状、引揚学生の受け入れに関する情報収集の役目を持っての引き揚げだった。

「満大当局は情報を待っている」――。宮崎の報告で、聖福寺診療所の動きは慌ただしくなった。

文部省からの通達で、各大学では、それぞれ海外からの引揚学生を受け入れる枠が設けられているが、転入試験は九月末で打ち切られる。九大ではすでに台湾、朝鮮からの引揚医学生と、原子爆弾で被害を受けた長崎大学医学部の学生を受け入れている。引き揚げが遅れている満大の学生の受け入れ枠は残っている——などはすでに調査ずみで、九大とコンタクトも取れている。残る問題は、これらの情報をどのようにして満大に伝えるかだった。

当時、連合軍の占領下にある日本国民の海外渡航は許されていなかった。前年末、遅れている海外邦人の引き揚げを促進するため、外務省がＧＨＱ（連合国軍総司令部）に外務省職員の海外派遣を願い出たが、あっさり却下された例もある。まともな手段での渡航は無理なことがはっきりしていた。

聖福寺診療所では、満大の関係者が集まり、宮崎を囲んでの相談が続いた。期限は迫っている——残る手段は密航しかないという結論に達した。密航には危険が伴う。だが、他に手段はなかった。そして、使者として白羽の矢が立ったのが古賀だった。

「宮崎から『古賀頼む』と要請されたのです。といっても満州への密入国の具体的な計画は何もありませんでした。誰も行き手がないのなら仕方あるまいと思い、引き受けることにしました。学友を連れ戻さなければという気持ちのほか、日・満人の逆転の様子も自分の目で確かめて見たかった。それに、宮崎の話で奉天は食糧も豊富と聞いていましたし——」

と古賀は回想する。

海軍では三度、出撃命令を受け、一度は戦友の殉職で、そして二度目は出撃途中、艇の事故で、最後は終戦で中止になっている。今度こそ成功させなければ、という思いが古賀の頭をかすめた。失敗すると命を落とすかもしれない――古賀にとって満州への密航は四度目の特攻出撃であった。

古賀はまず、海軍で沖縄特攻へ一緒に出撃した隊長の花田賢司大尉を訪ねた。花田大尉は終戦直後、海軍省から召集令状（充員召集）が届き、高等官の身分で復員船に乗ったり、戦時賠償として、日本の軍艦を中国、ソ連に引き渡す任務に就《つ》いていた。

「あの頃、ナホトカ、上海、シンガポール、テニアンなどを何度も往復していました。古賀から相談を受けたのですが、私には権限がなく、そのうえ航路も違っていたので、P基地時代の誰かを訪ねるように言いました」（花田賢司）

余談になるが、花田は後に海上自衛隊に入隊。朝鮮動乱の際、マッカーサー元帥の要請を受けた吉田茂総理大臣からの秘密命令で、掃海艇隊の司令として、朝鮮戦争に参加している。帰国後、総理から「これでアメリカ軍に貸しができました」とのメッセージが届いた。自衛隊の出動は十年後、国会で初めて明るみに出た。

古賀は四度目の〝出撃〟を次のように振り返る。

「花田さんに相談した後、P基地時代の上官、中村（旧姓門）義視大尉（海兵六十七期）を訪ねました。門さんは引揚船の船長として博多とコロ島の間を往復しておられました。私の申し出に対して、門さんは深く詮索することもなく、引き受けてくれました。乗組員には、満州で行方不明になっている両親を捜しに行くようだ――とでも話しておくからということでした。

引揚船に使っていた海防艦に上船したのは六月十四日でした。船員とあまり顔を合わさないようにと、門さんの配慮で一室を与えてもらいましたが、こちらは密航者の身、門さんに迷惑がかかってはいけないので、じっと船室に閉じこもったままの船旅でした。両親には、行き先も告げず、十日ほど留守にすると言ったまま二カ月も帰らなかったので、ずい分心配したようです。密航はもう一人、満大の一年後輩で後に長崎大に転学、原爆の被害を受け九大に来ていた濱地富貴夫（故人）が、門さんの配慮で別の引揚船に船医ということにして乗船、満州に向かいました」

コロ島に入港すると、数人の日本人が打合せのため乗船してきた。その中に「日僑医師」の腕章をつけた満大の学生がいた。

「宮崎から要請を受けて来た——と手短かに事情を話し、満大当局に連絡するため奉天に行きたいと告げました。港には大勢の兵士が銃を持って物々しい警戒をしていました。皆に囲まれるようにして警戒網を突破、その夜の汽車に飛び乗って奉天に向かいました。

大学予科の頃、中国語は習ったのですが、知っている言葉といえば『謝々』と『好々』くらいのもの。汽車の中では中国人と視線を合わさないようにし、車両の通路に腰を下ろし、寝たふりをすることにしました。よほど恐れ慄《おのの》いているように見えたのでしょうね、横にいた苦力がそっとボロボロの布を頭に被せてくれたのです。お陰で中国人の視線から逃れることができました。奉天には翌日の昼過ぎに到着しました。空腹に耐えながら無言の行を続けた旅でした」

二年ぶりの奉天は懐かしい光景がここかしこに残っていたが、様変わりの最中だった。駅前から真っ直ぐに伸びる中山路（旧浪速通り）の突き当たりの広場にあった高さ十八メートルの日露戦争記念碑も取り払われていた。付近の路上では、引き揚げた日本人が、処分したか残していったと思われる紋付や袴、高級な着物などが格安の値段で売られており、敗戦国の惨めさを味わった。

古賀の母校・満州医大は、中華民国国立瀋陽医学院（昭和二十三年九月、中共軍が進駐してからの奉天は瀋陽市となり、同医学院は中国医科大学となった）と名称が変わっていた。だが校舎も、教室も解剖室も、そして講義風景も古賀が在学した頃と変わっていなかった。

終戦後も国府軍の意向で日本語での講義が続けられていた。古賀の同級生たちも最高学年になっていたが、日本人学生のほとんどは邦人の診療や防疫業務に従事していた。また家族と離れて奉天に来ていた学生は、生活のために学業どころではなく、アルバイトに追われていた。

古賀は早速、同行した濱地と二人で守中清学長や教授に会った。もちろん日本の情報は皆無であった。

二人は、日本の現状を詳しく説明。外地からの引揚医学生の受け入れに対する文部省の方針、台湾、朝鮮からの引揚学生の状況などを語り、最後の転入試験の期日が迫っているので、引き揚げを急ぐよう伝えた。

新しい情報が入ったことで、瀋陽医学院は俄かに慌《あわ》ただしくなった。

早速、対策が練られた。学生は病人に添乗して早く帰す。日本では医学書なども手に入りにくいので、できるだけ持ち帰る——など、古賀らのアドバイスで帰国準備が始まった。

一方、旧奉天の邦人の引き揚げも遅れており、在留邦人たちは乱れ飛ぶデマに振り回されていた。これらの人達に対しても、日本の現状、コロ島での引揚船乗船時の検査の模様や対策などを詳しく説明。日本は極端に物資や食糧が不足しているので、帰国後の生活を考え金目の物をできるだけ持ち帰るよう伝えた。特に貴金属類は、乗船時の検査に備えて飴玉の中に包み込むようアドバイスした。

瀋陽で約二カ月滞在した後、今度は引揚者として帰国した。

学友たちは一部を除いて、滑り込みで大学の転入試験に間に合った。古賀の四度目の特攻出撃（密航）は見事成功したのだった。

古賀は帰国後、密航については半世紀以上も口を閉ざしたままだった。周囲では、古賀は満州に行ったらしい――と噂されたが、その目的、手段については両親にも語っていない。勇気ある決断で密航を手助けしてくれた海軍時代の上官に、どんな形でも迷惑をかけることは出来ないという思いからだった。

「当時、引き揚げてきた学生、受け入れた大学当局の間の苦悩、特に転入学生の苦労は大きかったと思います。役目の終わった私はそっと渦の外へ出たのです。平成十年秋に、満大の情報を持って引き揚げてきた宮崎守正が亡くなりました。別れの際に宮崎は『古賀、俺の手を握ってくれ。おまえには厄介をかけたなぁ』の言葉を残して息を引き取りました。これで私の満州密航の真実を知っている者は誰もいなくなった。もう人に話すことはあるまいと思っていたのですが――」

と、ちょっと複雑な表情で語った。

医師になった古賀は勤務医を経て昭和三十七年、福岡県大川市で開業した。

この人の行動は周囲の人達をよく驚かす。昭和五十七年、古賀は突然、京都の東本願時で得度した。僧籍を得たというニュースはあっと言う間に海軍仲間に広がった。「何故?」という問い合わせが殺到した。

「患者に勧められたのが動機です。深い意味はありません。地元の和尚さんに相談すると、ぜひ――と言われるし、それじゃと挑戦してみたのです。和尚の強力な推薦もあって、お東さんの得度試験の採点は甘かったんじゃないのでしょうか」

と苦笑する古賀だが、戦友達は「大勢の仲間の戦死と無関係ではないと思う」という見方をしている。後に古賀は西本願寺の通信教育（三年間）を終了している。

得度を機会に古賀は雅号をつくることにした。軍人―医師―僧侶の道を歩いたことから「殺救坊」を考えたが早速、澤子夫人から、

「あなたは医師として、どれほどの患者さんを救ったのですか」

とクレームがついた。「それもそうだな」と考え直した古賀は号を「殺殺坊」とした。

その後、古賀は日中医学交流の橋渡しにも一役かっている。

中国医科大学（旧満州医大）の学友から、「優れた日本の医学を紹介してほしい」との相談を受けたのがきっかけだった。早速、古賀は福岡市にある国立九州ガンセンターと中国側の遼寧省腫瘤医院の間で、日本側から医師を派遣すると同時に、中国側の医師を研修のため同センターに受け入れるという友好交流を実現させた。

両病院の交流は平成四年に始まり、現在も続いている。中国人医師の滞在に支援を続けている古賀に対して、このほど腫瘤医院から招待があった。

かつて医学生として学び、戦後は密航者として渡った瀋陽市に、今度は招かれての訪問だった。「熱烈歓迎」と大書された歓迎会場で、古賀は腫瘤医院から「名誉院長」と「名誉教授」の二つの称号を贈られた。

この人の行くところ笑い声が絶えない。愉快な人柄を物語るエピソードを紹介しよう。

医院を閉じた後、古賀は九大医学部第二解剖教室に特別研究員として籍を置くと同時に、九大大学院比較社会文化研究科で人類学考古学の研究に取り組んでいる。研究室へは作業服で出勤することがよくある。発掘した人骨を整理する作業が待っているからだ。年の暮れのある日、帰宅途中に好物の餅を買うため店に立ち寄ったときのことだった。店の親父さんは作業服姿の古賀に、

「暮れになるとうちも餅つきで忙しくなるが、人手がなくて困っている。時間給は五百円出すから、竈《かまど》の火の番のアルバイトをやってくれんね」

と声をかけてきた。興味人間の古賀は、この話に乗った。

暮れの一日、親父さんの指導を受けた医学博士は竈の前に座り、本を読みながら黙々と火の番をした。

「バイト料を渡してくれるとき、親父は『あんたは飲み込みがはやい。竈の火の番の腕はわしが保証する。また頼むよ』と誉《ほ》めてくれたよ。楽しかったなぁハツ、ハッ」

とちゃめっ気たっぷりに大笑いしながら話す。

長時間のインタビューの最後に古賀は、

「戦争に参加したが、お役に立ったとは思っていません。また医療人としては優れた医師

でなかったことは自分で認めています。今日まで生きて来て思うことは、家族を始め巡り会った多くの人達……幼な友達、学友、戦友、その後交わった多くの人。みんな素晴らしかった。戦死や被災死を遂げた人達のことを思えば、残酷であり痛惜の念に耐えません。しかし、生き残った者もまた、様々な労苦を背負って戦後を歩き、戦い抜いて今日の日本を築き上げました。誤りも起きたが、私は、我々の世代を誇りに思っています」

と結んだ。

六、余生を青少年育成に捧げて

——森と湖の里の近藤重和——

薩摩半島の南端、鹿児島県指宿郡山川町成川の鰻池の畔に、弥生式の家屋が建ち並んでいる。自然が降りそそぐといった感じの素晴らしい環境の中にあるこの建物は、財団法人・勤労青少年研修会、森と湖の里（近藤重和理事長）である。

「いつの時代にも社会、歴史に大きく寄与して来たのは青年の力です。今の青年も昔に負けない情熱と創造力を秘めている。この施設の中で自然や大地と接し、水と親しむことで自然愛と国土愛を培い、語り合うことで相互連帯意識を高めてほしいと考えています」

と語る近藤理事長は第一期魚雷艇学生で、特攻隊（第百二十三震洋隊部隊長）の生存者でもある。戦後の近藤は、戦犯容疑で占領軍に逮捕されたり、大病を患って長い療養生活を送るなど、苦難の連続だった。自身は身体障害者で、現在、車椅子生活を余儀なくされているが、青少年育成にかける情熱は少しも衰えていない。

剣道四段の近藤は明治大時代、剣道部の主将をつとめ、「明治に近藤あり」とその名をはせた。大学卒業時には陸軍戸山学校（軍楽、体操）から熱心に誘われたが、これを断わり、海軍第三期兵科予備学生を志願した。

「戸山学校は、加藤少将から直々に声をかけてもらったのですが、剣道の腕を買われてというのは、何か芸は身を助ける――という気持ちになって嫌やだったので断わり、海軍を志願したのです」

と言う。

さて、予備学生として旅順予備学生教育部に入隊。基礎教育を終えた近藤は、第一期魚雷艇学生として訓練を受けた。この頃に近藤らしい武勇伝を残している。

昭和十九年五月末、川棚臨時魚雷艇訓練所でのこと、第一期魚雷艇学生は三十一日付けで少尉への任官が決まっていた。すでに五十人が特殊潜航艇の艇長要員として指名され、広島県倉橋島にあるP基地へ去っていた。

水雷学校卒業前夜のことだった。教科終了、少尉任官――魚雷艇学生たちにも気のゆるみがあったのかもしれない。酒がまわってドンチャン騒ぎがはじまった。教室いっぱいに積み上げた机の上に近藤学生がまたがり「原為一家の出撃だ！」と、気勢をあげた。

規律と礼儀を重んじる海軍士官にとって「原為一家」とは、いささか穏やかでないが、この間の事情について作家の島尾敏雄は、その著書『魚雷艇学生』で次のように述べている。

「川棚の訓練所長（水雷学校の魚雷艇部長）のH大佐は水雷戦の練達者で、それまでに参加した幾つの海戦に輝かしい戦果を挙げたと伝えられていた。われわれの中にはそれを誇りとして、学生隊をH一家などと博徒集団風な愛称で呼ぶ者が居た。海軍部内では水雷屋という言い方があって、専《もっぱ》ら魚雷戦にかかわる軽艦艇の配置に就いている者が、多少は無頼な気儘さと比較的自由な環境を誇りとしつつ戦闘場裡にあっては強力で不意な戦法を発揮し得る配置だという自負を抱く傾きがあった。魚雷艇学生はいわば水雷屋そのものだとも言えたのだし、しかもそのボスが赫々《かっかく》たる戦訓を持つ歴戦の勇士だと思いたい期待が、根強く潜んでいたからでもあろう」

H大佐とは原為一大佐である。

さて卒業前夜のドンチャン騒ぎの結末だが、近藤はさっそく学生隊長の末次信義少佐に呼び出され、「帝国海軍始まって以来のバカげた行為である。もってのほかバーカー」と大目玉をくった。

その直後のことである。発表された近藤少尉の新しい配置先は、教官として川棚訓練所に居残ることになったのだ。

「成績が優秀だった山田恭二、武下一（沖縄で戦死）、八木正三（横浜高商）らに混じって、私が教官要員として発令されたことを知ったときには、何かキツネにつままれたような気持ちになりました。ドンチャン騒ぎで厳しく叱られた直後でもあり、私が何故？　そんな疑問を教官になってからのことですが直接、末次少佐に聞いたことがあります。少佐は『毒も使い方次第』と一言いわれただけでした。いやー、あれには参りましたよ」

と回想する。

近藤少尉の教官生活はごく短期間だった。

同十九年七月末、魚雷艇学生の頃の教官だった白石信治大尉から、「新しく魚雷艇隊を編成して沖縄に出撃することになった。一緒に行かないか」と、声をかけられた。

「白石大尉に声をかけられた時には、ある種のためらいがありました。教官として内地に留まっていることに、焦りを感じていたのですが、沖縄では近過ぎるという思いがあったのです。でも部隊のメンバーを聞いて気持ちが変わりました。司令は白石大尉、そして部隊の幹部は同期の武下少尉、中原正雄少尉、小溪宣正少尉らほとんどが水雷学校の同期なんです。そこでぜひお願いしますと返事をしました。早速、佐世保の海軍防備隊に駆けつけ、第二十七魚雷艇隊の編成準備にかかりました。たしか八月の中旬だったと思います。白石司令から、『沖縄に下見に行くので同行するよう』との命令があり翌々日、沖縄に飛びました」

沖縄に到着して海軍沖縄特別根拠地隊に挨拶に行った二人は、沖縄を守るために第二十七魚雷艇隊が新しい攻撃兵力として、大きな期待がかけられていることを知った。

白石司令は翌日、佐世保へと引き返し、近藤少尉は基地を設営するため一人で残ることになった。基地は前日、機上からみたリーフの少ない沖縄本島北部の運天港が最適と、白石司令との間で意見が一致していた。

単独行動という心細さはあったが、近藤少尉は精力的に動いた。基地の設営場所について根拠地先任参謀の三宅大佐は、太平洋側の金武湾か中城湾に設けるよう指示したが、少尉は魚雷艇の奇襲性、そして攻撃は夜間専用であることなどを熱心に説明。参謀を説き伏せて運天港に決定した。

「青臭い予備学生の新任少尉の計画が採用されることなど、当時の軍隊の機構からいって希有のことです。今考えても冷や汗が出ます」

と振り返る。

このやりとりがきっかけになって、近藤少尉は先任参謀から目をかけてもらうことになる。

赤い三角の佐官旗を立てたオープンカーに同乗、島内をくまなく回り、水際陸戦に備えての砲台や魚雷発射場の設置場所を捜すなど、参謀の作戦業務を手伝った。

一方、参謀は近藤少尉の魚雷艇隊の基地設営で、運天港のある今帰仁村役場に足を運んで直々に村長に協力を要請してくれた。

魚雷艇隊員の宿舎には天底国民学校の校舎を借りることにし、魚雷や爆雷などを格納するための防空壕の位置も設営隊と相談して決めた。地元住民との交渉は、近藤少尉の誠実な人柄もあって順調に進んだ。

今帰仁村の代表監査委員、川上正一は、

「当時、私は兵役についていたので沖縄にはいなかったのですが、話を聞くと住民に対して威圧的な軍人が多く、特に米軍の空襲が激しくなってからは、スパイ容疑で日本軍に殺された住民もいます。そんな中で第二十七魚雷艇隊の隊員は終始紳士的だったこともあって、住民は好意を持っていたようです。基地設営で積極的に協力しただけでなく、敗色が濃くなり、隊員が湧川周辺の山に潜んでいたときも、危険をおかして食糧を運んだそうです」

と語る。

すっかり基地の準備が整い、第二十七魚雷艇隊を運天港に迎えたのは八月二十六日のことだった。基地を一巡した基地隊長のY大尉は、近藤少尉に「基地設営は出来過ぎだ。少尉の分限を越え過ぎておる」とクレームをつけた。

「出来が悪いというのならともかく、出来過ぎだと叱られたのです。今思い出しても、何か釈然としない、砂を噛む思いです」

と振り返る。

部隊が到着してからの近藤少尉は、司令付き兼甲板士官として基地の整備や運天港外での洋上訓練に明け暮れた。そんなさなか十月十日の大空襲で魚雷艇の大半を失うという壊滅的な打撃を受けてしまった。

基地の再建作業での勤労報国隊の熱心な協力がきっかけになって、魚雷艇隊と住民の堅い絆が出来ていく。隊員、住民合同の演芸会を開いたのもこの頃だった。

今帰仁村では、今もこんなエピソードが語り伝えられている。

軍の徴発や、十・十空襲の被害で村には連絡用に使っていた自動車がなくなり、不便をかこっていた。これを知った魚雷艇隊の近藤少尉らは、早速助けの手をさし延べた。隊からは週に一度、那覇へ向けてトラック便が出る。もちろん一般人の便乗は禁止されていたが、近藤少尉らは出発の前日に密かに連絡、人目につかぬよう、村外れから便乗させていた。「海軍さんは親切だった」と村の古老ははっきり覚えている。こんな経過もあって隊員と村民の交流は半世紀を越えたいまも続いているのだ。

二十年一月、近藤少尉が中尉に任官した直後、転任命令が出た。

近藤中尉は、終戦を鹿児島県坊津の震洋艇特攻基地で迎えた。第百二十三震洋隊隊長だった中尉は、震洋艇や爆薬を海中に投棄、処理した。そのうちの一隻は将来、引き揚げることを予想してポイントを決め、坊津港外約一キロの位置に沈めた。この艇は昭和三十年、元隊員の手で引き揚げられ、京都の嵐山美術館（現在閉館）に展示された。

さて、復員した近藤は水産会社に就職したがその直後（終戦の年の十一月）、進駐軍のＭＰに突然踏み込まれ、戦犯容疑で逮捕された。

「部隊の無線機を横領して会社で使っていたというのが容疑でした。ポツダム宣言でも、軍隊で使っていた機器類で民間に転用出来るものは、使ってもよいという項目がありましたし、もちろん海軍省の許可も受けていました。私は必死に抗議しましたが通じませんでした。会社には元特攻隊員が十数人働いていたこともあって狙われたのだと思います。占領軍の権力は絶対的な時代でした。私の抗議には耳を傾けようともしませんでした。裁判の途中で担当の副検事が『君はピンチヒッターに立って、デッドボールを食らったようなものだ』と言ったのを今も覚えています。

その頃、知人の紹介で一人の牧師さんと知り合いました。この方は何度も面会に来てくださっただけでなく、この男を救わなければいけない——と、私の放免について熱心に進駐軍と折衝してくださったのです。裁判の判決は有罪でした。私はすぐ控訴しましたが、その直後に証拠不十分で一年ぶりに放免になったのです。牧師さんのお陰で自由の身になれたのです。そんなこともあって昭和二十三年、私は千葉県にある神学校に入学、クリスチャンになったのです」

近藤の戦後の苦難は、さらに続く。

神学校を修了した直後、今度はカリエスに冒されたのだ。ギブスをはめたままの療養生活は五年にも及んだ。一度は死を宣告されたが、近藤は屈しなかった。強靭な精神力で病魔も克服してしまったのだ。長い闘病生活の中でも、近藤は前向きの姿勢を失わなかった。

「病床で考えたことは、日本の将来でした。敗戦で日本は百八十度の方向転換をしました。

その日本の将来を担うのは若い世代です。そのためには日本人として誇りと、国際人として通用する広い視野を持つ人材を育てる必要がある――と考え、退院したら青少年育成の事業を始めようと決めたのです。計画を練る時間は十分にありました」

カリエスで身体障害者（五級）になった近藤だが、行動力は少しも衰えていなかった。退院すると早速、青少年育成のための研修所づくりに取り組んだ。

建設場所の選定と用地確保、資金調達――近藤は、二年がかりで立ちふさがる壁を突き破っていった。

建設場所は薩摩半島の南端、指宿郡山川町成川に決まった。太古の蒼さを秘めた鰻池の畔《ほと》り、正面には開聞岳がそびえ、錦江湾、山川港、大隅半島を一望できるという恵まれた場所である。建設資金は近藤が私費一億円を投じ、小型自動車振興会からの補助金、善意の人達から寄せられた寄付金など、総計一億四千二百万円が当てられた。

施設でユニークなのは合宿訓練棟、弥生式の竪穴住居を模したカヤぶきの建物が五棟、いろりを囲んで食事をしたり、語り合うことが出来る。

鉄筋コンクリート建て千平方メートルの本館は、大小の研修室、民族資料室、読書室、談話室、食堂など。屋外には二十五メートルプールのほか、球技やアーチェリーができる広大なグラウンドがあり、カヌー、ボート、釣り、サイクリングなどのレクリエーションの設備、器具も整えられた。

総面積約四万平方メートルの敷地の中はあふれんばかりの自然に包まれている。自然と接しながら、先人の足跡をたどり、世界や国を語り合う中で連帯意識を高め、青年としての使命感を体得してもらい、視野の広い、国際的に通用する人材を育てよう——という、近藤の夢を実現するための器はできあがった。

財団法人・勤労青少年研修会「森と湖の里」がオープンしたのは昭和四十七年五月だった。勤労青少年を中心に、若いグループ、そして家族連れなど、年間約六千人が森と湖の里を訪れるようになった。

森と湖の里の正面玄関には「素直」「謙虚」「反省」「奉仕」「感謝」という五つの言葉が掲示してある。研修施設といえば堅苦しい印象を受けるが、決してそうではない。平均的なプログラムを紹介すると、まず午前六時半ホラ貝の音を合図に起床、グラウンドで体操をして朝の集いを開く。朝食、研修。レクリエーションや奉仕作業をおり込み、夜は十時半就寝というのが一応の規則。だが、近藤は「本音で、納得いくまで語り合いなさい」と勧めているので、いろりを囲み徹夜で議論するグループも多いという。

「破壊的行動や、遊びだけが目的といったグループはお断りしています。規則は設けていますが、大学生以上のグループは酒類の持ち込みも自由。国や鹿児島県からの援助を受けていないので、研修のテーマも国際情勢、思想、宗教などを思い切って自由に話し合える場所にしています」

外部から講師を招くこともあるが、近藤は積極的に若い世代の中に飛び込み、語りかけ、問題を提起する。

若人への語りかけの様子と、その反応を近藤は海軍時代の戦友会・一魚会の会報に次のように報告している。

「人生に於ける生とは、死とは何だろう。そして家とは、社会とは、国とは何だろう。決してたやすく解ける問題ではないが、若い世代が一度は取り組まなければならない問題ではなかろうか。私達も皆さんと同じ世代を通過して来た。私達も今の若い諸君と少しも変わったところはなかった。

笑い、悲しみ、怒り、不平不満があり、つぶやき、わめき、時には肩をいからせたり、時にはしょげかえり、歌い、躍り、飛ぶ。私達の青春時代は戦争中だった。私達の仲間は聖人も偉人もいなかったが、自ら選び、進んで死地におもむいた。

『どら息子神となる日の近き時』――これは私達の仲間が残していった辞世の一つだ。そして今、諸君は戦争のない平和な時代に生きている。だから過去の歴史を学ぶ必要はないのだろうか。それはナンセンスな事なのだろうか。君達が今考えていることが正しく、過去はすべて否定されるのだろうか。君達の体内を休むことなく走り回っている血は、君達だけのだけのものなのか……。

次々と語りかけているうちに、研修生一人一人の目が輝き始め、何かを確かめようとする彼等の心の中の動きが、語りかける私の心の奥にはね返って来る。こうして民族資料室で、研修室で、あるいはカヤぶきの合宿棟のいろり端で、お互いに日本人としての昂まりを感じ合いながら深夜まで語り合っている。

研修を終えて、森と湖の里を去って行く若者達が一様に、今まで誰からも聞かされなかった話を聞きました。有難う。また聞きに来ます――と名残り惜しそうに手を振りながら帰って行く。縄文、弥生の遺跡を踏まえ、千古の大自然の湖を眼前に神秘的な薩摩富士・開聞岳の威容に接する環境がそうさせるのかもしれない。

一期一会、私はこの一存。相手は聞くもよし、聞かざるもよし。相手の心に留まるもよし、留まざるは我が不徳」

（一魚会会報「航跡」から）

近藤は、鹿児島県身体障害者福祉協会会長のほか、全国身体障害者団体連合会副会長を務めている。自身が身体障害者ということもあって、障害者に寄せる思いは熱い。

「足の不自由な人が、健康な人と五分に競える競技はカヌーポロだけ」と研修所にカヌーを置き、身障者だけのチームをつくったり、鹿児島県の委託で交通事故などによる障害者の機能回復訓練にも精力的に取り組んだ。

近藤には、ほかにも悲願があった。それは太平洋戦争の末期に使われた海中特攻兵器「人間魚雷回天」を復元することだった。

「自分の命と引き換えに祖国を護ろうと、大勢の戦友が回天に搭乗して散っていきました。回天は魚雷に人間が乗り込んで敵艦に突っ込む残酷な兵器です。一度発進すれば、絶対に生還出来ない兵器なんです。ところが終戦から半世紀もたつと回天の存在すら知らない人がほとんどです。悲しいことです。散華した仲間の純粋な気持ちと、平和の重さを伝えるためにも回天を復元して、後世に残したいと考えたのです」

実行の人、近藤は回天復元に執念を燃やした。まず、かつて回天製作に携わった人を尋ね、設計図が出来上がった。復元のための資金集めにかかったところでアクシデントが起きた。再び病魔が近藤を襲ったのだ。

脳梗塞で倒れた近藤は、寝たきりの病院生活が続いた。だが、近藤は負けなかった。真剣にリハビリに取り組み、まず言語障害を克服した。退院後は車椅子生活を余儀なくされているが、

「私自身は、障害度が五級から二級になっただけで、違和感はありません」

と、暗さは全くない。

「森と湖の里で大勢の若い人と接してきましたが、これからの日本を担う彼等には国際人として通用するためには視野を広げるとともに、日本人として誇りを持って欲しいものです。

そして私の悲願は、散華した戦友のためにも回天を復元することです」

三時間に及ぶインタビューを、車椅子に乗ったまま応じていただいた。その間、近藤は、背筋を伸ばしたまま姿勢を崩すことはなかった。私は、今では滅多に見ることもない古武士の風格を近藤に見た。

あとがき

新しい世紀に入り、太平洋戦争の記憶はますます風化、歴史の中に埋没しようとしているが、今も戦争の傷を背負ったまま歩き続けている遺族がいる。今回の取材を通じて、歳月の流れでは決して癒されない遺族の深い思いに何度も出会った。

日本人にとって太平洋戦争は貴重な体験であり、遺産でもある。今を生きる私達は、半世紀以上も続く平和が、戦争で散っていった大勢の無名の人達や、その遺族の犠牲の上に築かれている事実に今一度目を向け、平和の重みを語り継いでいく義務があるのではないだろうか――そんな思いから、自分の筆力不足を顧みず、この重く大きなテーマに取り組んだ。

本書に登場するのは、海軍第三期兵科予備学生のうち水中、水上特攻隊要員だった第一期魚雷艇学生と、その遺族である。プロの軍人ではない予備学生たちが、一切の私情を捨て、命を捧げて戦った姿の再現を、資料と証言を頼りに試みた。また大戦で散華した予備学生の遺族の、重く長い戦後の足跡をたどるとともに、生還した予備学生の戦後を追ってみた。この書が、戦争と平和を語り継ぐ一つのきっかけになれば――と願っている。

作家の神坂次郎先生に、「ぜひお書きなさい。この時期を逃すと生き証人がいなくなる」と声をかけていただいたのは八年前のことだった。遅筆に加え途中、阪神大震災そして私事になるが脳梗塞で倒れるなど、いくつかの障害があったが、先生の言葉が支えになった。刊行にあたり序文を寄せていただい先生に深謝。また取材にあたって何かと助言、ご協力をいただきながら、刊行を待たず他界された一魚会の山田恭二、佐藤摂善、萩原市郎、牧野稔各氏のご霊前に刊行のご報告をするとともに謹んでご冥福をお祈り申し上げる。

北井利治

取材に協力していただいた方と団体（順不同、敬称略）

萩原市郎　佐藤摂善　山田恭二　南部喜一　古賀英也　有田牧夫　市原茂　中原正雄　近藤重和　小溪宣正　相田二郎　石林文吉　後藤三夫　牧野稔　藤本敏　矢敷昭　山本昌男　花田賢司　土井裕　其山圭二　高松工　酒井利行　納谷忠司　松林宗恵　西村金造　美田近子　池淵ユキ　今西末一　和田茂樹　松田仁宏　武下英雄　近藤富美江　後藤房子　川上正一　与儀常次　庄司キオ　寺井正喜　阿納勝　得永照郷　▽沖縄県平和推進課　鹿児島県大島郡瀬戸内町役場　回天記念館　海軍第三期兵科予備学生会　一魚会　特潜会

参考文献・資料

▽「潜水艦史」防衛庁防衛研究所戦史部・朝雲新聞社　▽「海軍軍戦備①昭和十六年十一月まで」防衛庁防衛研究所戦史部・朝雲新聞社　▽「海軍軍戦備②開戦以後」防衛庁防衛研究所戦史部・朝雲新聞社　▽「沖縄方面海軍作戦」防衛庁防衛研究所戦史部・朝雲新聞社　▽「大東亜戦争全史」服部卓四郎・原書房　▽「特攻の思想」草柳大蔵・文藝春秋社　▽「特殊潜航艇」佐野大和・図書出版　▽「潜水艦」堀元美・出版共同社　▽「海軍X」海軍編集委・誠文図書　▽「日本海軍潜水艦史」日本海軍潜水艦史刊行会　▽「甲標的」栗原隆一・波書房　▽「海軍水雷史」

海軍水雷史刊行会　▽「嗚呼、特殊潜航艇」特潜会　▽「回想の日本海軍」水交会・原書房　▽「特殊潜航艇戦史」ペギー・ウォーナー、妹尾作太郎訳・時事通信社　▽「決戦特殊潜航艇」佐々木半九、今和泉喜次郎・朝日ソノラマ　▽「海軍兵科予備学生」野地宗助・大原新生社　▽「海軍予備学生」蝦名《えび》賢造・東京図書出版　▽「海軍予備学生」山田英三・鱒書房　▽「帽振れ」向坊寿・昭和出版　▽「私の中の海軍予備学生」阿川弘之・昭和出版　▽「海軍予備学生の手記」片岡幸三郎・創林社　▽「学徒出陣」蜷川壽恵・吉川弘文館　▽「学徒出陣・海軍予備学生の記録」真継不二夫・朝日新聞社　▽「海軍第三期兵科予備学生戦記」①②③・海軍第三期予備学生会　▽「学徒出陣の記録」東大十八史会・中央公論社　▽「貴様と俺の青春賦」蛟竜艇長第十七期会・勁草書房　▽「昭和十八年十二月一日」学徒出陣二五周年記念手記出版会・若樹書房　▽「学徒出陣」安田武・三省堂　▽「一魚会会報・航跡」一号～五一号・一魚会　▽「九桜記」九桜会　▽「旅魂・旅順海軍予備学生教育部兵科五期学生、二期生徒の記録」旅魂編集委員会　▽「別冊戦争」読売新聞大阪本社社会部・読売新聞　▽「日本特攻艇戦史」木俣滋郎・光人社　▽「回天」回天顕彰会　▽「人間魚雷回天」津村敏行・大和書房　▽「人間魚雷」鳥巣建之助・新潮社　▽「あ、回天特攻隊」横田寛・光人社　▽「人間魚雷回天・昭和乃若武者たち」菊地清吾　▽「ああ黒木博司少佐」吉岡勲・教育出版文化協会　▽「特別攻撃隊」リチャード・オネール、益田善雄訳・霞出版社　▽「つらい真実・虚構の特攻隊神話」小沢郁郎・同成社　▽「武下一回顧録」武下秀吉　▽「わたしの戦後秘話」比嘉善雄・文教図書　▽「沖縄八四日の戦い」榊原昭二・新

潮社　▽「日米最後の戦闘」米国陸軍省編、外間正四郎訳・サイマル出版会　▽「沖縄」ビーニス・フランク、加登川幸太郎訳・サンケイ新聞社　▽「太平洋戦争①②」戦争体験者の会・光文社　▽「第二七魚雷艇隊・沖縄戦回想期」第二七魚雷艇隊有志　▽「島尾敏雄論」松岡俊吉・泰流社　▽「戦中派の死生観」吉田満・文藝春秋社　▽「回想の島尾敏雄」小川国夫・小沢書店　▽「島尾敏雄」島尾ミホ他・宮本企画　▽「島尾敏雄による島尾敏雄」島尾敏雄・青銅社　▽「対談・特攻体験と戦後」島尾敏雄、吉田満・中央公論社　▽「追悼島尾敏雄」群像六十二年一月号・講談社　▽「追悼島尾敏雄」新潮六十二年一月号・新潮社　▽「魚雷艇学生」島尾敏雄・新潮社　▽「原点二号・島尾敏雄特集」原点の会　▽「島尾敏雄非小説集成⑥」島尾敏雄・冬樹社　▽「震洋発信」島尾敏雄・潮出版社　▽「島尾敏雄書誌」神戸市外大図書館　▽「杏華」九大医学部杏華会　▽「満州医科大学史・柳絮地に舞う」満州医科大学同窓会　▽「海軍第三期兵科予備学生名簿・昭和六一年版」海軍第三期兵科予備学生会　▽「朝日新聞昭和二十年三月、同四月マイクロフィルム」朝日新聞社　▽「復刻版新聞・太平洋戦争上、下」読売新聞・秋元書房　▽「父島方面特別根據地隊戦時日誌」同隊　▽「第二回ウルシー環礁慰霊族報告書」伊三六会編

【著者紹介】

北井利治（きたい・としはる）

昭和9年（1934年）、朝鮮慶尚南道生まれ

昭和32年、同志社大学法学部卒業

▽職歴

読売新聞大阪本社勤務、記者

現在、神戸市生涯学習市民講師（ボランティア）

▽主な作品

「旧制第三高等学校史・神陵史」（共著）三高同窓会発行

「語らぬ父との四十七日間」友月書房

遺された者の暦

2002年3月20日　第1刷発行

著　者　北　井　利　治

発行人　浜　　正　史

発行所　株式会社　元就《げんしゅう》出版社

〒171-0022 東京都豊島区南池袋4-20-9

サンロードビル301

電話　03-3986-7736　FAX　03-3987-2580

振替　00120-3-31078

装　幀　純　谷　祥　一

印刷所　東洋経済印刷株式会社

※乱丁本・落丁本はお取り替えいたします。

ISBN4-906631-80-0　C0095